「あ、あ……イチ、そこっ」
「ここか？」
「は、い……そこ、ぐりぐりしてください」
　欲求のままに乞う。高め合い、ふたりで同じ場所を目指した。

Cocktail Kiss Label

イケメンあやかしの許嫁

高岡ミズミ
Mizumi Takaoka

この物語はフィクションであり、実在の人物・団体・事件等とは、いっさい関係ありません。

Contents

イケメンあやかしの許嫁……………………………… 005

はじめての……………………………………………… 219

あとがき……………………………………………… 236

イラスト・明神　翼

イケメンあやかしの許嫁

1

流れる車を歩道橋の上から眺めながら、花ノ井《はなのい》周《あまね》は何度目かのため息をつく。ハロウィンが終わったばかりの街は次のイベントであるクリスマスまでつかの間の静けさをとり戻し、心なしかゆったりと時間が流れているような感じさえするというのに、自分ときたら今日の曇天さながらに気持ちが沈んでいく一方なのだ。

それもそのはず、どうして俺ばかりと恨み言のひとつもこぼしてしまいたくなるほど不運の連続だった。

先々月自転車を盗まれたかと思えば、一週間もたたないうちに階段で足を踏み外して小指を骨折した。さらには一昨日学生証を落としたらしく、いまだ見つかっていない。

そしてなにより問題なのは、就活がことごとく失敗に終わっていることだった。

試験の前の日に熱が出たり、当日会場へ向かう道中突然の雨でびしょぬれになったり。はたまた面接中に腹痛に襲われ、中座してトイレに駆け込んだり。

自分以外にもまだ内定をもらっていない者はいると、なんとか平静を保とうとしても、続けざまにお祈りメールが届いては落ち込まずにはいられない。

……このままずっと内定をもらえず、就職浪人になったらどうしよう。

骨身に染みるほど冷たい風に身を縮め、はあ、とまたため息をついたとき、ぺちゃっとなにかが頬に落ちてきたのを感じて、反射的に手で拭う。

手のひらについた粘り気のある液体を見て、げ、と声が出た。

「嘘だろ……」

空を見上げると、まるで茶化すかのごとく頭上を一周してから去っていったカラスにまでばかにされているような気がして、がくりと肩が落ちた。

「ちょっとあなた」

唐突に背中を叩かれ、はっとしてそちらに視線を向ける。そこにいたのは、母親と同じくらいの年齢の女性だった。

「あ、俺ですか？」

じっと見つめてきた女性は、今度は肩に手を置いてきた。

「なにがあったか知らないけど、生きていれば、つらいこと悲しいことは誰でもあるわよ。でも、だからって極端な選択をしては駄目よ」

一瞬、なにを言われているのか理解できず、首を傾《かし》げる。同情のこもったまなざしを向けられて、やっと彼女が勘違いしていると気づいた。

「あ……いえ、俺はそんなつもりじゃ……っ」

慌てて否定したが、女性には言い訳に聞こえたようだ。真剣な表情で諭され、戸惑いつつも頷《うなず》くしかない。

「は……い」

歯切れの悪い返答でも一応満足してくれたのか、笑顔でまた背中を叩いてから女性は去っていった。

「そんなに思いつめた顔してるのかな」

落ち込んでいるのは事実だが、だからといって彼女が想像したような行動に出るつもりはまったくなかった。人通りのない歩道橋でぐだぐだしているせいでまた勘違いをされても困るので、重い足を踏み出す。

歩道橋を下り、青信号を確認して横断歩道を渡り始めたそのタイミングで、コートのポケットの中でスマホが震えだす。立ち止まってポケットに手を入れた、直後、右折してきた車が猛スピードでこちらへ向かってくるのが視界に飛び込んできた。

「え」

避ける間もない。その場に棒立ちになる。これまでの不運が走馬灯のごとく脳内を駆け巡ったが、間一髪で急ブレーキをかけた車は、周の身体すれすれを通って、走り去っていった。

「あ、あぶな……」

九死に一生とはこのことだ。

スマホが鳴らなかったらおそらく足を止めておらず、車に轢《ひ》かれていたにちがいない。そう思うと血の気が引いていき、ばくばくと心臓が脈打ち始めた。

このタイミングで電話をしてくれた相手はまさに命の恩人だ。震える手でスマホを確認してみると、そこにあったのは久々に目にする「祖父」の文字だった。

「もしもし、じいちゃん？　おかげで命拾いしたよ〜」

『そうか。なんかわからんが、よかった』

祖父はそう言うと、次には耳に痛い一言を口にした。

『それはそうと周、就職先は決まったのか』

「あー……その話？」

お祖父ちゃんも心配してるわよ、と一昨日母親から聞かされたばかりなので申し訳ない気持ちになる。いや、祖父だけではない。軽い口調ではあったが、誰より母親が案じているだろう。駄目な孫で、息子でごめん。心中で謝る傍《かたわ》ら、

「いや、まあ、ぼちぼち」

歯切れの悪い返答をする。しかし、祖父には通用しなかった。

『その言い方だと、まだみたいだな』

「う……」

『周のことだから、どうせぐだぐだと悩んでいるんだろう』

「そんなことは……ないっていうか、あるっていうか」

自分の性格をよく知っている祖父だからこその一言には、申し開きのしようがない。現にいま、自身の不運を嘆いている最中だった。

『まあいい。それより、おまえ、大家としてうちのアパートに住まないか』

だが、まさかこういう話になるとは想像もしていなかった。唐突な祖父の一言に面食らい、返答を躊躇《ためら》う。

祖父は、山や駐車場等、複数の不動産を所有していて、そのひとつが年季の入ったアパートだ。といっても維持費を差し引けば入ってくる金額はそう多くはないらしい。築二十年だか二十五年だかのアパートは、確か三年前にリフォームしたと母親から聞いた。

大して儲かってないのに、お祖父ちゃん、あのアパートに思い入れがあるみたいなのよね、と。

「でも……どうだろ。就活こっちでやってるから」

『その就活がうまくいっとらんのだろう』

「う」

　ぐうの音も出ないとはこのことだ。祖父の言うとおり、いまのままでは社会人になれるかどうかもさだかではなく、不安ばかりが募っていく。いっそ長野の実家に戻って地元で就活したほうがいいのではないかと迷いつつも、いまだ決めかね都内で就活を続けているのだ。

『東京にこだわらんでも、大家をする傍らこっちで職を探してみてはどうだ？　家賃もかからんことだし』

　祖父のこの一言に、ごくりと喉が鳴った。

「……家賃、タダってこと？」

『大家の務めを果たしてくれるならタダだ。なに、務めといってもゴミ置き場とか回覧板の管理程度のことだから気負う必要もない』

「…………」

『儂《わし》が週一で寝泊まりしていたから、家電やら布団やら揃ってるし、すぐにでも住めるぞ』

　正直、いまの自分には渡りに船だと言える。現実問題いつまでも学生気分で親に頼るわけにはいかないのだから、都内にこだわって不運の連続だと嘆くより、環境を変えるほうがよほど建設的だろう。

　幸いにも単位は足りているので、大学には何度か顔を出せばいい状況だ。

『どうだ？』

祖父の問いに、今度は躊躇わなかった。

「わかった、祖父ちゃん。俺、やるよ」

承知すると、ひとまず一歩進んだような気がして肩の力が抜ける。どうやら大家といってもそれほどやることはないようで、職探しには影響なさそうだし、就職先が決まって以降も二足の草鞋《わらじ》でいけそうだ。

『そうか。おまえなら、祖父ちゃんも安心して任せられる』

しかもそんなふうに言ってもらえたことで、胸がじんと熱くなった。

『それじゃあ、また連絡する』

単純だとわかっていても、あれほど落ち込んでいたのが嘘のように心が晴れ、気分が上がった。

その後は、善は急げとさっそく荷物の整理にとりかかった。東京で借りていた部屋が家具家電つきの物件だったおかげで荷造り自体は助っ人を呼ぶほどでもなく、順調に準備は進み、大学へは地元から通うつもりで卒業式を待たずにアパートを引き払って、晴れて周は東京を離れ、地元へ戻ったのだ。

大家としての生活の始まりでもあった。

「思っていたより悪くない」

間取りは１ＬＤＫ。八畳のリビングダイニングはフローリングで、隣に和室がひとつ。リフォーム済みというだけあって風呂にはシャワーがついているし、もっとも心配していたトイレも洋式でなんの不満もなかった。

『花咲荘《はなさきそう》』一〇一号室。

それが、周の新居だ。

二階建てのアパート花咲荘は一〇一号室を除くと現在六部屋中四部屋が埋まっていて、空き部屋は一〇二号室の一部屋のみになり、周からすればお隣が空いているのは騒音等のトラブルの心配がなさそうなのでありがたい。

家賃は管理費込み四万五千円。最寄り駅まで徒歩十分足らずという立地のよさを考えれば、なかなかの好物件だろう。学生と会社員の一人暮らしがほとんどだが、三歳の子どもを持つ夫婦が二〇三号室に住んでいて、玄関の前には青い三輪車が置かれている。

大家として入居者と良好な関係を築くにはまず挨拶からだ、と引っ越し当日、さっそく菓子折りを手にして部屋を訪ねて回ることにした。

不在だった二〇一、二〇二号室を後回しにして二〇三号室のチャイムを鳴らすと、まもなくドアが開き、男の子が顔を覗かせた。

「あ、こんにちは。今回、大家として一〇一号室に入ることになった花ノ井周と言います。お母さんかお父さんはいる？」

だが、タイミングが悪かったらしい。奥から子どもを呼ぶ母親の声がして、男の子が「はーい」と返事をする。てっきり母親が出てきてくれるのかと思ったが、男の子はドアを閉めてしまった。

「あ……待って」

呼び止めようにも鍵までかけられてしまう。知らない人間が突然訪ねたせいで、警戒させてしまったか。

もう一度チャイムに指をやった周だが、挨拶は後日にしようと思い直す。平日のため他の部屋も留守だったので、土日にあらためたほうがよさそうだ。

階段を下り、部屋に戻る。

「よし、やるか」

まずは雑然とした部屋を片づけるところからだ。夕飯前にあらかたすませてしまいたくて、まだ積んだままの段ボール箱、五箱の開梱にとりかかる。

職探しのことを考えれば、悠長にはしていられない。

黙々と荷解きを進めていき、フライパンや食器はシンクに、電気ケトルを電子レンジの横に置き、まずはキッチン関係を終わらせる。

衣類を両手で抱え、これが終われればやっと唐揚げ弁当にありつけると隣室に続く襖《ふすま》を開けた、次の瞬間。突然の事態にその場で固まってしまった。

「え……え、なに？」

それも当然だろう。目の前には和装の男がひとり、我が物顔で床の間に腰かけているのだ。

「空き巣」という言葉が真っ先に思い浮かび、どっと汗が噴き出す。そのままの体勢でゆっくり玄関まで後退《あとずさ》りすると、半身を返すが早いか靴下のまま外へ飛び出した。

「ど、泥棒……っ」

一一〇、と手を耳にやったが、持っていたのはスマホではなくＴシャツと下着だ。となれば、交番へ直接駆け込むしかない。しかし、踏み出せたのは一歩だけで、膝に力が入らずその場から動けずにいた。

ど、ど、と鼓動は早鐘のごとく激しく胸を叩いていて、Ｔシャツを握りしめた手の震えもおさまりそうになかった。

いや、待て。確か床の間には雉《きじ》の掛け軸がかかっていた。薄暗かったせいで雉と人間をうっかり勘違いした可能性もゼロではない。きっとそうだ。交番に駆け込むのは、確認してからでも遅くはないだろう。

大きく深呼吸をし、意を決して部屋へ戻る決意をする。仮に空き巣だった場合、すでに通報済みだと言えばいいと。

「よし」

緊張しつつ足を忍ばせ、ドアノブに手をかける。そのときになって靴下のままだったと気づいたけれど、いまは気にしている場合ではなかった。そっとドアを引き、開けっ放しにした状態で恐る恐る室内を覗き込んだ。

「……っ」

どうか見間違いであってくれ。その期待に反して、床の間を占領している不審者と目が合う。

ごくりと唾を嚥下《えんか》した周は、

「な……んのつもりか知りませんけど、見てのとおり、金目のものなんてありませんよっ」

言外に出ていくよう告げた。と、首を傾げた不審者は、おもむろに立ち上がった。

「な、なんだよっ」

ビビっていると思われたくなかったが、反射的に肩が跳ねる。

「なにやら照れくさい。ひとに認識されるのは、久方ぶりゆえ」

反して不審者は、憎らしいほど落ち着いていた。

「そなた、名は？」

「……え」

いったいなにが目的だ？　空き巣、居直り強盗、変質者……あらゆる単語が頭を巡り、ぶるりと背筋が震える。

「俺はここの……いや、そっちこそ、何者で、いつ、なんの用で入ってきたんですか」

「吾《われ》か」

やけに時代がかった物言いと仕種《しぐさ》で顎《あご》を引くと、不審者が答える。

「座敷童《ざしきわらし》、と周囲は呼んでおるな。いつ、なんの用かと言われても、ずっと前から、気づけばここにいたと答えるしかない」

「――は？　ざしき、わらし？」

たったいま耳にした返答を脳内で反芻《はんすう》し、

「何者、ですか？」

再度、同じ質問をする。

前もって警察を呼んでおくべきだったかと後悔するも、すでに手遅れだ。現在、不審者との距離はおよそ三メートルほど。

「座敷童と呼ばれておる」

「そ、それはあだ名ってことで？」

「どうだろうな。誰が呼び始めたのか、なにぶん何百年も前のことゆえ吾もよく知らんのだ」

「…………」

ゆっくり後退りした周は、さらに余分に距離をとるとそこで深呼吸を何度かくり返した。

「座敷童……何百年も前のことゆえ？」

いやいやいやいやいや。不法侵入しておきながら、その手の冗談でごまかせると思っているのだろうか。

そもそも座敷童は子どもの姿の妖怪だったはず……。

あらためて、目の前の不審者を凝視する。

相手は、空き巣に入るにはおよそ相応しくない格好をしている。祖父が好むような柄の地味な和服姿で、足元は裸足。

どう考えても変だ。

背はすらりと高い。百七十二、三センチの自分よりも十センチ程度は長身に見える。顔立ちはなかなか凛々しく、目鼻立ちがはっきりしていて、こんなことをしなくてもモデルなりホストなり他に生きていく道はいくらもありそうなのに――。

胸元まで伸ばしたまっすぐな黒髪と相俟《あいま》って、雰囲気たっぷりだ。一点、古めかしいところを除けば。

「いや、そういうの、いいです」

多少衝撃がおさまってくると、今度は不快感がこみ上げてきた。開き直りやがってと苛立《いらだ》ちもあらわに睨《にら》みつけるが、自称座敷童は相も変わらず平然とした様子で、ふたたびこちらの名前を聞いてきた。

「久方ぶりに吾を認識した者の名は明確に知っておきたい。今後呼ぶときに必要だろう」

「いますぐ出ていってくれませんか？」

一刻も早く出ていってほしいのに、どうやら通じなかったのか彼は顎へ手をやり思案のそぶりを見せる。

「出ていくのは、難しいな。居を移すのは、そう容易《たやす》くはないのだ。少なくとも、この部屋の住人が幸運に恵まれ、もう吾は不要だと思ってもらわんことには」

「幸運？」

いまの自分にこれほど虚しい言葉はない。不運続きの自分に「幸運に恵まれ」なんて軽々しく口にしてほしくなかった。

「ああ、幸運だ」

「俺に、幸運？」

「そう言っておる」

「…………」

言い分は理解した。あくまで自身を座敷童と言い張り、住人に幸運を呼び込むというなら、それを証明してもらうだけだ。

「わかりました。今日からこの部屋の住人は俺なので、この俺に、幸運をもたらしてもらおうじゃないですか」

玄関に仁王立ちし、鼻息も荒く告げる。そっちがその気ならと、もはや売られた喧嘩を買うような心境になっていた。無論、いまの自分にとっては、幸運イコール就活がうまくいくことだ。

「承知した」

自称座敷童は、自信ありげに頷く。

直後、パンツの尻ポケットでスマホが鳴り、とり出して確認したところ、記憶にない番号からの留守電が入っていた。

「……誰だろ」

首を傾げつつ、確認する。

『こちら、花ノ井周さんの携帯でしょうか』

相手はとっくにお祈りメールをもらっていた企業の採用担当者だったが、先方は思いがけない話をし始めた。

『申し訳ありません。じつはこちらの手違いで、誤ったメールを花ノ井さんに送ってしまいまして』

「え」

先方が言うには、お祈りメールは誤送信だったというのだ。謝罪とともに、あらためて採用の報告を受ける。

戸惑いながらももう一件入っていた留守電を聞くと、別の会社からの採用の連絡だった。

こちらも一度は袖にされた会社で、普通であれば「手違い」が続くはずがない。しかもどちらの会社もアパートの部屋から通える距離だ。

「いや、まさか……」

確かに、幸運をもたらしてもらおうじゃないかと言うには言った。が、それはできるわけないというのが前提で、自棄みたいなものだった。

「信じてもらえたか？」

「…………」

早くも幸運が舞い込んだとでも？

半信半疑で目の前の座敷童を見る。少しも意外ではないと言いたげに、座敷童が唇を左右に引いた。

「そなた、名はなんと言う？」

「花ノ井周、です」

今度は正直に答える。

「花ノ井周殿、あらためてよろしく頼む」

座敷童と名乗る男を受け入れることへの戸惑いがすべて消えたわけではない。ただ、少し様子を見てみる気になった。

「……こちらこそ」

ようするに、幸運という言葉の威力、そしてたったいま起こった奇跡のような出来事に屈したのだ。

「あ、とりあえず、殿はやめてもらっていいですか」

悩むそぶりを見せた座敷童は、困ったとでも言いたげに小首を傾げた。

「では、なんと呼べばよいか？」

「周でいいです。家族も友だちもそう呼ぶので」

どうやらこれは意外だったらしい。

「よいのか」

たかだか名前の呼び方ひとつで、言葉を憶《おぼ》えたての子どもさながらに「周、周」と小声でくり返され、かえって気恥ずかしさを味わうはめになる。

「あの……あなたのことはなんと呼んだらいいでしょう」

「なんとでも。周の好きに呼んでくれればよい」

「いや、好きにって言われても」

「みなは座敷童と呼ぶ」

「座敷童」は、いわゆる肩書であって個人名ではないのでは？

「それだと、ちょっと外で呼びにくいというか」

困惑が顔に出たのだろう。予想だにしていない返答があった。

「では、周が名をつけてくれ」

ペットに名前をつけるのとはわけがちがう。辞退した周に、座敷童はいっこうに気にする様子はない。

「周に決めてほしい」

心なしか期待のこもったまなざしを向けられては、これ以上固辞できなくなった。

「じゃあ……イチ、さんというのは？」

咄嗟《とっさ》に思いついた言葉を提案する。無論、由来は一〇一号室だ。

「『いちさん』、か」

噛み締めるように口にした座敷童が、直後、ぱっと目を輝かせた。

「なかなかよい名だ」

本気で気に入ってくれたのか、座敷童の表情がやわらぐ。嬉しそうにも見え、なんだかくすぐったい気持ちになった。

「それはそうと、座敷童なのに、子どもじゃないんですね」

わざわざ「童」とついているのに、と続ける。実際、座敷童のイメージはおかっぱの子どもだ。

「そういうときもあった」

「成長したってことですか？」

「成長と言えば成長かもしれん。気がつけばこの形《なり》だったのだ」

興味深い話に、へえと返す。妖怪も人間同様、見た目の変化が起こるらしい。

「あ」

どこからか車のクラクションの音がして、玄関のドアを開けっぱなしにして話をしていたことに気づいた周は、うっかり落としてしまった衣類を拾ってとりあえず部屋に戻る。

汚れた衣類を洗濯機に突っ込み、片づけの続きにとりかかると、イチが手を貸してくれた。

なかなか手際がよく、洗濯物まで畳んでもらい、得した気分になる。座敷童は家事までこなせるらしい。

なにしろ朝早かったし、慣れない作業のせいでくたくたで、猫の手も借りたかったたくらいなのだ。現に二十時過ぎにもかかわらず何度もあくびが出て、空になった段ボール箱を解体し終わる頃には、睡魔に抗うのは難しくなっていた。

「布団なんですけど」

そこが定位置なのか、床の間に腰かけたイチを窺《うかが》う。

「吾には不要だ」

眠らないという意味か。突っ込みどころは多々あるが、とりあえず自分の分だけ敷く。

「電気、消しますよ」

部屋の明かりを落とし、横になって目を閉じたのもつかの間、ふと不安になった。座敷童だという本人の弁を信じるなら、イチは妖《あやかし》だ。

真っ暗にして大丈夫だろうか。いくらなんでも無防備すぎるのではないか。そもそも座敷童ってどんな妖だったたっけ？

あれこれ考えつつ何度も寝返りをうつ。が、それも数分程度で、起き上がった周は電気をつけると、祖父が使っていた布団を押し入れから出して隣に敷いた。

「座っていられると気になって寝られないので、横になってください。あと、やっぱり電気はつけっぱなしにします」

「あいわかった」

素直にイチが布団の上に横になるのを待って、周もふたたび布団にもぐり込む。

心機一転、新たな場所での一人暮らし――のはずだったのに、なぜこうなったのだろうと首を傾げながら。

その後しばらく隣の気配を窺っていた周だが、やがて瞼《まぶた》が落ちてきた。吸い込まれるような感覚とともに、深い眠りについたのだ。


翌朝、軍手に竹箒《たけぼうき》を持って外へ出てみると、そこには祖父がいて、すでに掃除をしていた。若葉マークの大家が燃えるゴミの日に寝坊でもするのではないかと心配して来たのだろう。

「祖父ちゃん」

駐輪場の隣にある敷地内のゴミ捨て場へ駆けていったところ、振り返った祖父はどこか寂しげな笑みを浮かべていた。

「……なんだ、気のせいか」

「気のせいって？」

変な言い方だと、首を傾げる。

「吾のことか？」

その声は背後からだった。反射的に振り返ると、そこにはイチが立っていた。

「驚いた」

言葉どおり目を丸くした祖父に、周も驚く。まさか祖父も、イチが見えるのだろうか。

「てっきり子ども騙《だま》しの作り話だとばかり思っていたが――親父が言っていたのは本当だったらしい」

祖父の言う親父とは、周から見れば曾祖父に当たる。周が産まれるずっと前に他界したと母親から聞いたくらいで、祖父の口から曾祖父の話が出るのは初めてだ。

「てっきり法螺《ほら》だと思っていた。だが、どういうわけかぼんやりと見えるうえ、なんとなくとはいえ声も聞こえる」

半信半疑の様相で、祖父がイチを凝視する。その気持ちは周にもよくわかったし、いまさらながらに戸惑ってもいた。

やはりイチが座敷童というのは本当らしい

「ああ、清《きよし》か。清はよい男だった」

「親父は、うちじゃ変人扱いだったが。まあ、福の神だ座敷童だと騒いだあげく、大金つぎ込んで農具小屋をお堂にしたんじゃなに言われてもしょうがない。結局、親父は幸運を得るどころか早死にしてしまったしな」

そう言った祖父の声音にはどこか苦さがある。後悔と言い換えてもいいかもしれない。

当時の曾祖父と祖父の仲を想像して切なくもなる。変人扱いされるほうもするほうも、なんらかの想いがあるからだろう。

「吾は座敷童ゆえに、住んでもらわんことにはどうにもならん」

「なるほど」

祖父が目の前のアパートへ視線を流す。どうやら現在アパートの立っている場所に、かつてのお堂があったようだ。

「朧《おぼろ》げながらそなたが吾を認識できておるのは、周がここにいるからかもしれんな。そなたの周への想いの強さが、なんらかの影響を及ぼしておるのだろう」

イチの一言に、祖父が目を瞬かせた。

そして、感慨深げにひとつ頷く。

「そうか」

「そうだよ」

即座に周も同意した。

「祖父ちゃんと俺は、信頼し合ってるからね」

曾祖父と祖父の仲がどうであっても、自分は祖父ちゃんのことが好きだし、大事だと言葉に込める。面と向かって伝えるのは照れくさいけれど、感謝もしている。

実際、子どもの頃は看護師として忙しく働くシングルマザーの母親より、祖父と一緒に過ごす時間のほうが長かったのだ。

「それなら、これからは周に幸運を呼び込んでもらうかな」

頬を緩めた祖父に、就職できそうだと喉まで出かけた言葉を呑み込む。まだ昨日の今日だ。報告するのは正式に決まってからでも遅くはない。

「そなたは、健勝か？　少し疲れているように見えるが」

イチの発した一言に、周は祖父に向き直った。

「そう！　なんか元気ないよ、祖父ちゃん」

祖父の顔を見た瞬間、普段とはちがうことに気づいた。どことなく疲れて見えるのだ。

「まさか妖に案じられるとは」

祖父が苦笑する。

「無理をすると、せっかく戻ってきた周が案じるぞ」

そのとおりだ。自分だけではなく、母親も、祖父の本業である習字教室に通ってくる生徒たちもみな心配するに決まっている。

「ほんとに。祖父ちゃんには元気でいてもらわないと」

「周が――」

そうか、と祖父がほほ笑む。

「儂は問題ない。多少風邪ぎみなくらいで、いたって元気だ」

祖父の返答に、ほっとする。が、風邪ぎみというなら、こんな寒い場所にいては治るどころか悪化してしまう。

「俺がちゃんとやっておくから、祖父ちゃんはすぐに家に帰って、あったかくして休んでなって」

任せてと胸を叩く。

思案のそぶりを見せた祖父は、イチに向かって腰を折った。

「座敷童がついていてくれるならひと安心だ。周を頼む」

祖父の慇懃《いんぎん》な態度につられ、周も頭を下げる。こうなった以上、認めるしかない。曾祖父の代から座敷童は確かにこの場所に存在し、いまは一〇一号室の住人に幸運を呼び込んでいるのだと。

軽トラで去っていく祖父を見送ってから、肩の力を抜いた。

「さて、掃除するか」

幸いにも住人のマナーがいいようで、収集されたあとのゴミ捨て場は綺麗なものだ。軍手をはめてさっと竹箒で掃き、周辺の枯れ草を拾って一カ所に集めても三十分とかからない。管理人を名乗るのも申し訳ないほどの仕事量だ。

もっとも春に社会人になったあかつきには、この程度の仕事量であっても天手古舞《てんてこまい》になるのかもしれないが。

「周辺を歩いてみてよいか。なにぶん外へ出たのはしばらくぶりゆえ」

枯れ草を集め、ゴミ袋に入れていると、イナから思わぬ申し出がある。

「それは、いいですけど、家から離れて大丈夫なんですか？」

なにしろ「座敷」童だ。

「家主とであれば」

「ああ、そういう感じですか」

「うむ」

であればなんの問題もない。これからお世話になるかもしれないイチの頼みなので、もちろん快く承知する。

散策するならまずは近場からだろう。

「じゃあ、そのへんぐるっと回ってみますか」

周自身、周辺に詳しいわけではない。地元といっても実家からは車で数十分の距離だし、近くに友人も住んでいなかったため、ほとんど知らないと言ってもよかった。

その足でイチと出かける。

近隣のひとなのか、交差点の近くで自転車に乗った婦人とすれ違った際、振り返った彼女がイチのいるほうを見て困惑の表情を浮かべ、逃げるように去っていった。おおかたなんらかの気配を感じたせいだろう。

「あのひと、ちょっと怯えてましたね」

幽霊と勘違いしたのかもしれない。

「彼女は、敏感な性質らしい」

「そういうの、あるんですか」

周自身は敏感な性質ではないし、これまでそういう感覚とは無縁だったので、なぜ急にイチが見えるようになったのかはわからない。曾祖父からの遺伝——だとしても、やはりぴんとこない。

「持って生まれた資質や相性、後天的な事象。理由はいろいろある」

「けど、俺、祖父ちゃんと同じでぜんぜん見えなかったし、信じてもなかったのに」

「それについては、吾の口から説明するより周自身で悟ったほうがよいだろう」

じれったい。が、そうするしかないようだ。

「俺の曾祖父ちゃんとは、農具小屋で会ったんですか？」

「狐に追われて逃げ込んだところ、清に助けられた」

だとすれば、曾祖父がもしお堂ではなく自宅にイチを招いていたなら、いま頃花ノ井家は繁栄していたわけだ。花咲荘も、もしかしたらタワマンだったかもしれない。

タワマンの花咲荘を想像した周は、あまりに滑稽《こっけい》な光景に小さく吹き出した。

「それにしても、お堂なんて無視すればよかったのに、そこに居ついたんですね」

せっかくのイチの力も、ひとの住まないお堂では無駄になる。

「清の好意を無下にはできん」

この一言で、イチのことが少しわかったような気がした。古くなったお堂をアパートにしたのは正解だったのだろう。そのおかげで周は幸運に恵まれたのだから。

「寒くないですか？　俺の上着、貸せばよかったですね」

コートを着ていても、頬や首筋が冷たい。着流しは粋ではあっても、防寒的には不向きな出で立ちだ。

隣に立ったイチが、いや、と答えた。

「寒さや暑さはない」

「へえ、そうなんですね」

一方で、もったいないなと思う。古めかしいという以前に全体的に質素で、これではありがたみが薄い。それなりに整った容姿を生かして、もっとちゃんとした格好をすればきっと驚くほど変わるだろうにと。

うっかり自分好みの衣服を身に着けたイチを想像しそうになり、慌てて振り払う。

「もう少し回りますか」

大通りを避け、散策を続ける。先刻の出来事があったせいだった。イチと通行人双方のために、ひとの多くいる場所は遠慮すべきだろう。

角を曲がると、公民館の向かいに稲荷神社を見つけた。

「お稲荷さんだ」

鳥居をくぐり、持ち合わせがなかったため次回の賽銭《さいせん》を約束して拝殿で手を合わせる。花ノ井周と言います。近所に越してきたので、これからよろしくお願いします。声には出さずに挨拶し、最後に一礼して振り返ってみると、てっきり後ろにいると思っていたイチの姿が見えない。鳥居をくぐる前までは確かに隣にいたはずだ。

「イチ？」

周辺に視線を巡らせる。

「ここだ」

か細い声にそちらへ視線を向けてみると、イチは電柱の陰に身をひそめていた。

「なにやってるんですか」

座敷童のイチにお参りしろなんて強要するつもりはないので、なにも隠れなくてもと呆れて問うたところ、早く行こうと急かされてしまう。

「いったいどうしたんですか」

一緒に神社を離れる間も早歩きになるイチに首を傾げた周だが、

「狐にいい思い出がない」

この一言で合点がいった。ついさっき、狐に追いかけ回されたと聞いたばかりだ。狐はお稲荷様の眷属《けんぞく》と言われているので、近づきたくないようだ。

「そっか。そうでした」

案外人間くさい、となんとなくほっとし、また肩を並べて歩きだす。距離にして、二キロくらいだろうか。周辺を一周してアパートに帰り着いた。

部屋に入ってすぐ、いつもの癖で求人情報を得るためスマホをポケットからとり出す。内定をもらったとはいえ、後日郵送されてくるという書類を見るまで安心できないが——迷ったのは短い間で、結局スマホはちゃぶ台に置いた。

とりあえずいまは信じて待ってみようと思ったのだ。

「周は、なにかやりたいことはないのか？」

イチの問いに、掃除にとりかかろうとしていた手を止める。

「将来の夢とか、なにかを目指すとか、なかったのか？」

「それは……」

答えるのは難しい。実際のところ希望する会社から内定をもらうことがすべてで、夢どころではなかった。社会人として独り立ちしたい、祖父と母親を安心させたい、あるのはそれだけだ。

「夢じゃ腹は膨れないですからね」

「なるほど。周はなかなか堅実な男のようだな」

だが、堅実かと言われればそれもちがう。

「俺は別に、人並み程度にちゃんとしていたいだけで」

「ちゃんと」ってなんだろう。自分で口にしておきながら曖昧だ。いい会社に勤めて高い給料をもらえば確かにちゃんとしていると言えるだろうが、夢を叶えたひとも同じではないだろうか。

　夢か、と小さく呟いた。

「そういえば俺、写真を撮るのが趣味なんです。ふらっと出かけて、そのへんの風景とか、遊んでいる犬とか、そういう日常の一コマをカメラにおさめるのが好きで」

　最近はめっきりカメラを手にしていなかったし、いまは押し入れの段ボール箱の中だ。就活がうまくいかず、趣味なんて二の次、三の次だった。

「寫眞《しゃしん》か。どれ、周が撮った寫眞を見せてくれんか」

「厭《いや》ですよ。恥ずかしいじゃないですか」

　でも、と続ける。

「いつかいい写真を撮って、写真集とか出せたらいいなあって——まあ、夢とも言えない妄想みたいなものですけど。あ、もしかしていまコンテストとかに応募したら、賞もらえたりしますかね」

「もらえるかもしれんぞ。応募してみたらどうだ？」

　もし賞を獲れたときは、と脳内であれこれ算段する。写真集を出すところまで広がった想像を、すぐに振り払った。

「やめておきます。単なる趣味ですから」

イチの力で賞を獲ってもしようがない。その瞬間はよくても、きっと心から喜べなくなるし、そのうち後悔するに決まっている。

「では、周の望みはなんだ？　周も裕福になりたいのか？　それとも美女をはべらせたいか」

「周も」という言い方をするからには、そういう者を多く見てきたのだろう。人間の欲なんて単純明快だ。

「それはまあ、裕福になりたくないひとなんていないでしょうし、美女は……」

そこで言葉を切る。

「美女は俺、無理なんですよね。俺の恋愛対象は同性なんで」

いきなりこんな告白をするのは、やはり下心があるからかもしれない。女性と巡り合っても困る。もし恋愛運をもたらしてくれるのなら、相手は同性にしてほしいと。

もうひとつ。ずっと内緒にしてきたことを、イチにならら話せるような気がした。

初恋は少し遅めの中学二年生で、クラスメイトだった。ふたり目は高校一年の冬、転校生。そして、三人目の相手はつい先月に彼女ができたと聞き、失恋したばかりだ。

失恋といっても無論三人とも告白したわけではなく、勝手に想って勝手に振られただけだ。

三人目の彼などは話をしたことすらない。そもそも大学内外で人気があり、読者モデルをしていると聞くほどの相手で、どうやって声をかければいいのかすらわからなかった。

「俺、なんで同性ばっか好きになるんだろ――って、悩んだ頃もあったけど、いまはあきらめてるかな。黙ってれば、誰にも迷惑かけないですし」

ははは、と声に出して笑う。

イチは、本気でわからないとでも言いたげに首を傾げた。

「なぜあきらめねばならん。男色などめずらしくない。吾のこれまでの家主にも片手で数えられる以上にいたぞ？」

「……男色って」

「同性を好むのであれば、男色ではないのか？」

「いや、そうだけども」

さすがにゲイや性的マイノリティという言い方をイチに望んでいるわけではなくとも、男色と言われるとやけに生々しい。

「どういう相手が好みなのだ？」

直截《ちょくせつ》な質問に、一瞬躊躇ったものの開き直って返答する。男色とまで言われて、恥ずかしがっても意味がない。

「理想を言いだすと切りがないですけど、気配りのできるひとがいいとは思ってます。欲を言えば長身で、笑顔の素敵なひと、かな」

さらには穏やかで、会話が愉《たの》しく、祖父や母親とも仲良くできるひと。なんて贅沢だと重々わかっているので、心中だけに留める。

「では、そういう青年と巡り合えればよいな」

真顔でそう言われ、照れくささもあって鼻の頭を掻《か》いた。

「まあ、相手はさておき、俺の望みなんてささやかなもんですよ。デートしてみたいとか、誕生日に部屋にこもってお気に入りのテレビドラマを観たいとか。で、ホールケーキはふたりじゃ食べきれないから、ショートケーキにローソク立てて、手なんか繋いだりして」

本音を言えば、キスもそれ以上もしてみたいが、さすがに言葉にするのは躊躇われる。

ここまでくれば、もはや中学生の妄想に近い。叶わない前提だからこそ、せめて夢見るくらいはと思っているのかもしれない。

「周の誕生日はいつだ？」

「三月二十四日ですけど」

「三月か」

イチがふと、表情をやわらげた。

「周ならきっと大丈夫だ」

楽観的なイチの言葉に、苦笑いで応じる。じつのところ、恋愛はさておき経験する手段があるのは知っているため、少し疚《やま》しい気持ちになったのだ。

「過度な期待をしないで待ってます」

一言返すと、

「あ、箒を出しっぱなしなのでしまってきます」

気分を変えるためにもスニーカーに足を入れ、ドアを開ける。途端に冷たい外気が襲ってきて、ぶるりと震えて肩を縮めた。

「寒っ」

急いで物置に竹箒をしまって部屋に戻ろうしたとき、ちょうどコートを手にしたイチが玄関のドアを開けて出てくる。

「もしかして、俺が寒がっていると思って？」

「周は寒がりだからな」

こんな気遣いをされたのは、家族以外では初めてだ。曾祖父の気持ちを汲んで、いまはその曾孫を励まし、身体まで案じてくれるなんて——イチこそよい男だ。

「ありがとうございます」

礼を言った周は、目の前のイチを見て、はたと気づいた。

よく気がついて、長身で、なかなか素敵。穏やかで会話が愉しく、家族とも親しく接してくれる。

「………」

理想そのものではないか、と。

いやいやいや、たとえそうであったとしても、イチは妖だ。人間ではないのだから、理想以前の問題だろう。

「どうした、周。中に入らんのか？」

「……入ります」

気の迷いだと自身に言い聞かせ、部屋に戻ると茶を淹《い》れた。テレビではトランプマジックをやっていて、よほど興味を抱いたらしいイチが釘付けになっているのを見て、周はタンスの抽《ひき》斗《だし》を探ってトランプを取り出した。

何度か切ると、マジックとも言えないちょっとした手慰みを披露する。

「イチが引いたのは、このカードですよね」

ハートのエースを掲げた周に、

「なんと！」

イチが両目を大きく見開いた。

「周も奇術を使えるのか」

「そんなたいそうなものじゃないです。こんなの簡単」

種明かしてみせるとますます喜んでくれ、その流れからババ抜き、神経衰弱と、一緒にゲームに興じることになった。

「嘘。イチ、強すぎない？」

最初こそもたついていたイチだが、一度憶えてしまえばあっという間にコツを掴んで圧倒的な強さを見せつけ、すぐに七並べはもちろん、ポーカーもまるで歯が立たなくなる。

「ひょっとして人知を超えた力を使ってます⁉」

疑いたくなるのも無理からぬことだろう。

「そんなつもりはないが」

無意識であればなおさらたちが悪い。

「ていうか、ここは俺にささやかな幸運をもたらしてくれてもよくないですか」

「そう言われても、魔術を使えるわけではないゆえ。となれば、手を抜くしかないが」

「それは厭」

意地を張ったせいで、何度も挑んで、そのたびに負けてをくり返すはめになった。

「周、もう今日は遅い。明日にしよう」

「勝ち逃げする気ですか」

それほど長い時間を費やしたつもりはなかったものの、その甲斐あってやっと待ち望んだ勝利の瞬間を得られ、喜びのあまり飛び上がった。

「勝った！」

はしゃぐ周に、ぱちぱちとイチが手を叩く。

「手を抜いてませんよね」

「抜いておらん」

「やった！」

喜びすぎだと自覚していながらも、なんとも言えない達成感を覚え、反射的にイチのその手をとり、上下に振った。

「周は努力家だな」

だが、イチの一言で我に返り、距離の近さにどきりとする。急に恥ずかしくなり、慌てて手を離して身を退いた。

なにをはしゃいでいるのか。しかもトランプごときに必死になり、長い時間イチをつき合わせるなんて。

いつの間にか日は暮れていて、今日もふたつ並べて布団を敷く。横になってどれくらいたった頃か、どこからともなく聞こえてくる、みしみしという音が耳についた。

「……るさい」

静かだっただけに、一度気になり始めるとその音ばかりに意識が向かい、完全に目が覚めてしまう。

「なんの音？」

真っ暗な部屋を見回す。音はどうやら床の間の横あたりから聞こえてくるようだ。

「家の音だ」

隣でイチがそう言った。

「あー、実家でもよくあったけど、こんなに長く鳴るものでしょうか」

目が覚める前からずっと、みしみしみしみし鳴り続いていることに疑問を持ち、周は布団から起き上がって電気をつける。

と同時に見知らぬ誰かと目が合い、ぎゃあと悲鳴を上げた。

「だ、誰か、いる……っ」

反射的にイチにしがみつく。

「何者かが……うちの柱を揺すってる……っ」

また目が合うのが恐くて顔が上げられない。無駄に声を上げるのは、みしみしという音を聞きたくないからだった。

「案ずるな、周」

頼もしい言葉に、イチがいてくれてよかったと心から思う。が、

「あれは、家鳴《いえな》りだ」

まさか知り合いだとは予想だにしなかった。

「いえ、なり？」

「家鳴りだ」

名称だけなら聞いたことがある。子どもの頃、やはり寝ているときに音がして、怖がった自分に祖父が「家鳴りだな」と言って笑ったのだ。

とはいっても鳴ったのは数回で、いまのように鳴りっぱなしということはなかった。

「悪い奴ではない。吾が保証する」

「……でも、まだ揺すってますっ」

起き上がったイチにしがみついた状態で、恐る恐る再度そちらへ視線をやる。柱を揺らす手はそのままに、家鳴りは先刻同様こちらを見ていて、まともに見つめ合う格好になった。

「こ、こっち見てるし！」

見た目は小学生くらいだろうか、短髪の少年だ。作務衣《さむえ》のような衣服を身に着けている。大

きな目で凝視され、無意識のうちにイチの腕をぎゅっと握ってしまっていた。

「それから、そっちは枕返《まくらがえ》しだな」

「え！」

イチが指差したのは、たったいままで周が使っていた布団だ。振り返ってみるとそこには、甚平《じんべい》を着た五歳程度のおかっぱ頭の子どもがいて、じっとこちらを見上げている。

「な、なに、やって……」

これには、イチが答えた。

「枕を返しておる」

それは見ればわかる。子どもは、裏にしたり表にしたりと忙しく枕を返している。

「いや……だから、なんで俺の枕を……」

聞いたあとで、愚問だったと察する。「枕返し」とイチが紹介してくれたではないか。

「……イチ、ひとつ、質問しても？」

いっそう強く腕を掴む。

「無論」

イチが頷くのを待って、肝心のことを口にした。

「この方たちは、どうして俺の部屋にいるんでしょう」

どうやって入ってきたかについては、この際どうでもいい。なんの用でここにいるのか、そのほうがずっと大事だった。

「座敷童が変わった人間と一緒にいると小耳に挟んだゆえ、わざわざ会いにきたのだ」

答えたのは家鳴りだ。かと思うと、ようやく柱を揺するのをやめ、めずらしいとでも言いたげに周の頭の天辺から足のつま先まで無遠慮に観察し始める。

「……もう、なにがなんだか……」

無遠慮な視線に耐えかね、勘弁してください、と小さく訴えた。実際のところ、なんで自分のところばかりに集まってくるのかと、文句のひとつもこぼしたくなった。

「座敷童は受け入れたくせに」

枕返しが頬を膨らませる。

もっともな言い分に、周はイチの腕をしっかり掴んでいる自身の手へ目をやった。

イチと会ったときも腰を抜かさんばかりに驚いた。いま家の外へ飛び出さずにすんでいるのは、イチが傍にいるからにほかならない。それを受け入れたというのなら、そのとおりだろう。

「でも、イチは家を鳴らしたり、枕を返したりしないので」

そうだ。そこは大きな差だ。なによりイチひとりでも驚いたり戸惑ったりしたのに、これ以上許容する自信がない。

「そこはまあ、己の存在を周に顕示しておるのではないか？」

イチがなんと言おうと、ここはやはりお引き取り願うのが得策だろう。

「だとしても、ここに四人は——無理ですよね」

和室を見回す。ふたつ並べた布団でいっぱいな部屋に四人もいると、狭苦しいことこのうえない。

「某《それがし》は、なんの邪魔にもならんぞ。食わんし、眠らんし。無論、床に入ることなどせん」

家鳴りが、イチの寝ていた布団を一瞥《いちべつ》する。

そうじゃそうじゃと枕返しも同意した。

「これは、床の間にいられると気になるから俺がイチに布団を勧めたんです。だから、家鳴りさんと枕返しさんも、夜中にいまみたいなことがあると困るというかなんというか」

迷惑だとは言いづらくてはぐらかす。

「案ずるな。座敷童とはちがって、某はいるかいないかわからんほどにおとなしいものよ」

嘘ばっかり、と心中で言い返す。現にたったいま、うるさくて起こされたのだ。

どうやらこちらの心情を察したのか、家鳴りはいかに自分たちが無害であるかを主張し始める。

「その証拠に、座敷童はなにかとひとの口にのぼるが、これまで家鳴りと枕返しの名を聞いたことはほとんどあるまい」

　確かに、祖父から一度「家鳴り」と聞いたあのとき以外、他人はもとより自分もその名を口にしたことはなかった。

「儂なぞ、家鳴りより無名じゃ」

　ふくれっ面の枕返しが大きく頷く。

「いや、そういうことじゃなくてですね」

　困惑して、額に手をやった。と、いきなり枕返しが体当たりしてきて、周の脚にしがみついた。

「な……なにっ？」

「どうしてもか？　どうしても出ていかねば駄目か？」

「……それは」

　上目遣いで見つめられ、返答を躊躇う。黒目がちな目が次第に潤んでくるのを前にして、なんと返せばいいというのか。

「儂は、邪魔？」

　すんと鼻を鳴らした枕返しに、周は勢いよくかぶりを振った。

「邪魔なんて、そんなことない、ですけど」

「ならば、ここにいてもよいか？」

うるうるとした双眸《そうぼう》の威力には到底敵わない。泣く子と地頭には勝てぬという言葉の正しさを、いま身をもって実感した。

「も……ちろんです」

「まことか！」

バラ色に染まった丸い頬が途端に綻《ほころ》び、いっそう強く抱きついてくる。すると、反対側から家鳴りが腰に手を回してきた。

「……枕返し……家鳴り」

早まったと思わないではないが、抱きついてくるふたりを見ていると、まあいいかという気持ちになる。嬉しそうな姿はまさに人間の子どもとなんら変わりなく、知らず識らず目を細めていた。

「彼らの言っておることは嘘ではない。認知されているものほどその気は大きく、自ずと顕現率も高くなる」

イチの説明に、そういうものかと納得する。

そんな話を聞かされれば、よけいに邪険にはできなくなった。たとえ見た目だけであろうと、年端もいかない愛らしい子どもなのに大変なんだな、と同情すら覚える。

「え……っと、トランプでもしますか？」

眠れそうにないし、四人で顔をつき合わせている気まずさから、提案した。

俺はいったいなにをやろうとしているんだと呆れつつも撤回せずにいると、ふたりは興味を持ったようだった。

好奇心旺盛なところはイチと似ている。じりじりと寄ってきて、周が切るトランプに釘付けになる姿はほほ笑ましくさえあった。

「なんと、奇術を嗜《たしな》んでおるのか」

「おまえ、案外やるんじゃやな」

家鳴りと枕返しに褒められると満更悪い気はせず、夜中にもかかわらず四人で興じることになった。

存外愉しい時間を過ごす。

「あ、家鳴り、いまのはズルじゃ」

「失敬な。ズルなどしておらん！」

「ズルじゃやズルじゃ」

妖の声が現実にも聞こえると仮定して、隣が空室でなければ、きっと苦情が来たにちがいない。上の住人はもちろん気になるが、今夜だけ、明日からはおとなしくするからと胸中で謝罪し、舌戦を交わす家鳴りと枕返しに注意せずゲームを続けた。

それだけ自分も愉しんでしまっていたからだろう。

そういや、久々に肩の力が抜けたな。

不運続きのなかイチと出会い、今日は家鳴りと枕返し。説明しがたい事態ではあるものの、自分にとってけっして小さくはない変化だ。

それに、ひとつだけ確かなことがあった。

「俺、地元に戻ってきてよかったです」

そう呟いた周に、隣に座るイチが目を細めた。

「吾もそう思うぞ。周がこの部屋に戻ってくれてよかった」

ほほ笑みかけられ、なぜかどきりと鼓動が跳ねたが、そこには気づかなかったふりをして笑い返す。

「あ……さすがにもう寝ないとまずいですし、ラスト一回にしますか」

すぐにイチからふたりのほうへ向き直ったあとも妙にそわそわしてしまい、とても眠気はきそうになかった。

一回と言いつつ、その後結局三回も続けるはめになったのが枕返しのおねだりのせいばかりではないのは確かだった。

2

アパート周辺の清掃をしながら、きゃっきゃと笑いながら枯れ葉にまみれて遊ぶ家鳴りと枕返しを眺める。掃除はいっこうに捗らないが、陽のもとで遊ぶのは久しぶりだというふたりの愉しげな様子にはこちらまで安穏とした心地になった。

家鳴りと枕返しが居ついて、早二週間。

「周が困っているだろう」

イチにしても、ふたりを見るまなざしは穏やかだ。

「あとでやるので大丈夫です」

普段子どもと接する機会のない周にとってはめずらしい光景で、「家族サービスってこんな感じなのかな」などと思ってしまい、妙に照れくさくなった。

「儂も手伝うぞ」

枯れ草の上に飛び乗った枕返しが、瞳を輝かせてそう言う。

「某も手伝おう」

家鳴りは家鳴りで、枕返しが散乱させた枯れ草をさくさくと踏みしめ、頬を緩める。

ふたりが何度も遊べるよう竹箒で枯れ草を掃き集めていた周だが、ふと、目の前の小道を歩くスーツ姿の青年が視界に入って手を止めた。

なにげなく会釈をしたところ、どういうわけか傍へやってきたイチが立ちはだかるように目の前に立つ。ごく普通の、むしろ疲れて見える会社員らしき彼のどこに警戒しているのか、わずかにイチの肩が上がっているのがわかった。

「イチ？」

首を傾げた周は、すぐに自身の勘違いだと察する。イチの意識は、青年の二、三メートルあとにいる男に向かっていた。

「おやまあ、これはこれは。誰かと思ったら」

どうやら知り合いらしく、にこやかに男が話しかけてくる。笑顔の相手に対して、イチは頑なな態度を崩さず、返答すらしない。

「最近めっきり噂を聞かなかったけど、こんなところにいたんだ」

イチの背後から窺っていた周は、男と目が合い、とりあえず目礼する。一方で、初対面にもかかわらず、どういうわけか男に好感を持った。

外見は間違いなくいい。目鼻立ちは整っているし、この寒空になぜかシャツとスラックスという軽装だが、全体的にきらきらとした明るさが感じられ、やわらかな雰囲気と相俟って好印象を抱く。イチがなぜ身構えるのか、不思議になるほどだった。

「そんなに警戒しなくても」

男が苦笑する。

「いまはこの子が家主？　また変わり種に憑《つ》いたんだねえ」

変わり種？

どういう意味だ。変わり種で悪かったな。少しばかりむっとした周だが、華やかな笑みを浮かべてみせた男と目が合い、即座に身構える。

イチがこうまで警戒するくらいだ。いくら見た目がよくても、よほど危ない相手にちがいない。

「話をする気はない」

イチが男を追い払いにかかる。

「そんなに嫌わなくても、と言いたいところだけど、いまの彼に貧乏神である僕を近づけたくないか」

「話しかけるな」

「はいはい」

追い立てるイチに気分を害した様子はなく、三、四メートル先でだるそうに栄養ドリンクを飲んでいる会社員のほうへ男は足を踏み出した。

「あの……」

覚えず呼び止めたせいでイチが眉をひそめたのがわかったが、どうしても確認せずにはいられなかった。

「僕になにか用かな」

振り返った男がにこやかな笑みで応じてくる。

「貧乏神……ってあなたが？」

戸惑いながらの問いに、あっさり頷いた男をあらためてまじまじと見つめた。

「座敷童と家鳴り、枕返しと一緒にいて、いまさら驚くことはないだろう？」

男——貧乏神の言うとおりだ。家鳴りと枕返しは特にこちらを気にする様子もなく、いまは追いかけっこをして遊んでいる。

「それは……そうなんですけど、ただイメージが」

痩せ細った身体つきで、粗末な着物を着ている貧乏神のイメージからはほど遠い。イチよりよほどきらきらしていて、むしろ福の神と名乗られたほうがしっくりくる。

「ああ、そんなに素敵なのにって？」

「あ、はい。というか、イメージとちがうので」

「正直でいいな」

まるで俳優さながらの仕種で、貧乏神が艶《つや》やかな髪を掻き上げた。

「貧乏神は、憑いてる人間が貧しくなればなるほど生気がみなぎるのじゃ。あの人間が破産したときには、光り輝くようになるじゃろうて」

背後から口を挟んできたのは、枕返しだ。

「なんだ、おチビちゃん。僕が説明するはずだったのに」

貧乏神の返答に、枕返しが唇を尖らせて抗議した。

「おチビちゃんではない。儂は、『まあくん』だ」

周がつけた名を名乗り、誇らしげに胸を張る。

「某のことは『なりくん』と呼ぶがいい」

家鳴りがそれに続くと、貧乏神はひょいと肩をすくめた。

「ずいぶん馴染んでいるんだね。まあ、さておき、単純な話だよ。つまり、彼が僕の養分になってくれてるって思ってもらえればいいかな」

「……養分」

「そう、養分だよ」

ショッキングな話にもかかわらず平然と口にした貧乏神にぞっとし、会社員へ目を向ける。

彼が立ち止まっているから貧乏神がここにいるのか、それとも貧乏神が動かないから彼も歩きだせないのか知らないが、二本目の栄養ドリンクを飲んでいるところだった。

「ああ、命までとるわけじゃないから。せいぜい会社で大きなミスをして、クビになるくらいかな」

だとしても十分ひどい話だし、それを養分だと言い切った貧乏神には一ミリも共感できない。

貧乏神が残念そうに肩を落とした。

「そんな顔しないでほしいな。僕も生きていくためにやっているだけなのに」

「……あ」

確かにそうだ。一方的に悪者扱いするべきではない。イチが「座敷童」であるのと同じで、彼は「貧乏神」なのだ。

と、反省したのもつかの間。渋面のイチが口を挟んできた。

「周は正しい。殊勝な態度に騙されるな。貧乏神が厄介なのは、他者を揉めさせて喜ぶ趣味のほうだ。近づくと痛い目を見る」

「え、それは厭ですね」

悪趣味にもほどがある。警戒されてしかるべきだ。

はあ、と大きく息をついた貧乏神は、降参だと両手を上げた。

「嫌われ者は早々に退散するよ。じゃあ、きみ、頑張って」

言葉どおり貧乏神はその場から去っていく。と同時に歩きだした会社員には同情を禁じ得なかった。

「あのひと、助けてあげられませんか」

貧乏神のせいで会社でミスをしてクビになる未来が待っているなんて、気の毒にもほどがある。なんとか切り離す方法はないものか。イチと枕返し、家鳴りを見回したところ、三人は同時に首を横に振った。

「貧乏神に憑かれるのには、さまざまな理由や巡り合わせがある。簡単に切り離せるようなものではない」

「……そうですか」

イチが無理だと言うなら、もはやどうしようもない。

同時に、自分がいかに恵まれているかを実感する。不運不運と嘆いてきたし、実際悪いこと続きだったが、どれも大事には至っていない。なによりイチに出会えたのだ。

「俺はここを片づけますから、先に部屋に戻っててください」

枕返しと家鳴りがいたのではいつになっても清掃は終わらないので、イチを中へと促す。

「承知した」

察してくれたイチがふたりを連れて部屋に入るのを見届けて、手早く散らばった枯れ葉を集め、掃除道具をしまってから周もあとに続いた。

「なにやってるんですか」

その間、わずか二十分ほどだったというのに、ちゃぶ台を囲んでの酒盛りが催されていた。

「酒盛りじゃ」

昼間っから、というのはこの際どうでもいい。どこから酒甕《さかがめ》を調達してきたかについても、はたまた家鳴りと枕返しが子どもの姿であることも、問うたところで納得できる答えは返ってこないだろう。

「この短い間に、どれだけ飲んだんですか」

「まだまだこれからよ」

そのため、この一点だけ聞くと、

「まだまだじゃ」

「イチも？」

ふたり揃ってそう返してきた。

イチの手には湯呑がある。

「いや、吾は酒を飲まん。白湯だ」

妖にも酒飲みがいれば、下戸もいるということか。周は茶を淹れ、同席する。

「じつは、俺もぜんぜん飲めないんです。一口二口で顔が真っ赤になるし、二十歳になってすぐの頃に一度二日酔いで大変な目に遭って以来、よけいに飲めなくなりました」

「無理をすることはない。酒は飲んでも飲まれるな、だ」

まるで人間みたいな言い方をして、イチがふたりへ呆れを含んだ視線を流す。すっかり出来上がって見えるふたりは上機嫌で、さらに酒を酌み交わしている。

「なにを言う。物《もの》の怪《け》で酒を嗜まん奴などおらんわ」

家鳴りの言い分に、枕返しも大きく頷く。

「そうじゃそうじゃ。座敷童が偏物《へんぶつ》なんじゃ」

だとしても、なんら問題はなかった。妖のなかでは偏物であろうと、イチの生真面目さは安心できる。信頼と言い換えてもいいかもしれない。それに、「変わり種」と「偏物」ならおあつらえ向きではないか。

出会って日が浅いという以前に妖を信頼するのはおかしいと自分でもよくわかっているが、それが本心だった。

「でも」

ぴたりと脚に張りついてきた枕返しが、上目遣いで見つめてくる。

「周が厭なら我慢する。嫌われとうないからな」

唇を引き結ぶ様は見た目にたがわず愛らしい。とはいえ、枕返しを幼児扱いするのは誤りなのだろう。

「ほどほどにしてくださいね」

枕返しの頭に手をやり、髪を乱す。

「承知した！」

現金にもすぐに笑顔になり、枕返しは家鳴りのもとへ戻った。苦笑しながら掃除にとりかかった周は、ポケットの中で震えだしたスマホを手にとる。管理人の仕事のみでは暇なので、短期のアルバイトでもしようと申込みをした結果が届いたのかと思ったが、そうではなかった。

「あ、当選発表の日か」

淡い期待を抱きつつ、引っ越しの直前に友人と一緒に買った宝くじのサイトをチェックする。

「――え」

一瞬、自分の目を疑い何度か瞬きをした周は、震える手で隣に座っているイチの袖を引っ張った。

「なにかあったのか？」

何度も首を縦に動かす。

「あ……りました。た……宝、くじが……」

「当たったか！」

イチより先に身を乗り出してきたのは、酔っ払いのふたりだ。

「当たったんじゃな、周」

目を輝かせて迫ってくる家鳴りと枕返しに、ひとつ大きく息をついた。

「当たりました。十万円。しかも二枚とも」

興奮を抑えきれない周に反して、途端にふたりはトーンダウンした。

「なんじゃ、二十万か。てっきり一億当たったのかと思うたのに」

「まあ、二十万でもいまの周には大金か」

それだけ言うとまた酒盛りに戻ったが、二枚とも当たる確率がどれほどのものか、思案するまでもない。当然、これもイチの恩恵だろう。就職に、宝くじ。幸運が続きすぎて、いっそ怖いくらいだ。

「なにをするにも、先立つものは必要だからな」

もっともイチの言うとおりなので、素直に喜び、当たりくじをいったん神棚に供える。これまで視界にすら入っていなかったくせに、こうなると手を合わせたくなるのは、どういう心情だろうか。

やはり自力ではないという部分に多少の後ろめたさがあるのか。とはいえ、降って湧いた大金をなにに使おうと早くも頭の中で計算し始めているのだから、現金というほかない。

スーツにバッグ。革靴。残ったお金でカメラのレンズを新調しようか。

などとのんきに考えていた周だが、はたと我に返り、面食らう。いつの間に寝入ってしまったのか、室内はすっかり暗くなっていた。

「え——嘘」

一瞬にして時間が過ぎていったような感覚だ。いつ布団に入ったのかも憶えていなかった。

「どうしたんだろ。最近、寝ても寝ても眠い」

ふああとあくびが出る。

「周〜、やっと起きた」

すぐ傍でそう言ったのは、枕返しだ。一緒に寝た記憶はなかったものの、甘えるようにすり寄ってくる枕返しには頬が緩んだ。

「まあくんも寝てた？」

「儂は、周の寝顔を見ておっただけじゃ」

「えー、恥ずかしいんですけど」

もし弟がいたならこういう感じなのかもしれない、とくすぐったい気持ちになる。枕を返す習性にしても、むしろ可愛らしく見えるのはそのためだろう。

「周、起きたのか」

隣室から声をかけてきたイチが、スマホを指差した。

「鳴っておったぞ」

「あ、ありがとうございます」

スマホを手にとり確認してみると、友人からメールが入っていた。

『元気になったらカラオケでも行こう。桐ケ谷《きりがや》も心配してたらしいよ。そのうち顔を見に行きたいって』

「……………」

なぜ桐ケ谷の名前が出てくるのかわからない。接点は皆無どころか、桐ケ谷が自分の存在を認識していることのほうが不思議なくらいだ。

まさか好意に気づいていた？

「そんなわけないか」

気づかれないように細心の注意を払ってきた。共通の友人すらいない状況で、どうやって伝わるというのだ。

だとすれば、やはり心当たりはひとつ。

は、ふと違和感を覚えてイチに声をかけた。

「イチの力？」

三人は、隣室でトランプに興じている。

きゃっきゃとはしゃぐふたりとはちがい、イチは飽きているようだ。しばらく眺めていた周
は、ふと違和感を覚えてイチに声をかけた。

イチはふたりから離れ、和室へとやってきた。

「これ」

イチにメールを見せる。

「話したこともない桐ケ谷が顔を見に来るって、なんだかおかしいです。それに、たぶんこれもイチのおかげだと思うんですが――イチ、ぜんぜんきらきらしてないじゃないですか」

養分という話がイチにも当てはまるとしたら、落ち込んでいた自分の気持ちがずいぶん楽になっているのだから、それがイチに反映されてもいいはずだ。なのに、当のイチはきらきらするどころか、数日前より着物が色褪せているようにすら見える。

「心なしか……薄くなってません？」

寝起きのせいかと目を擦る。しかし、何度そうしても、イチの輪郭はぼやけている。全体的に色味が薄くなったと言えばいいのか。

「ああ、それについては」

「それはな」

答えようとしたイチを押しのける勢いで、家鳴りが割り込んできた。

「座敷童の場合は、貧乏神とは事情がちがう。逆だと思えばわかりやすい。ようするに、周が座敷童から養分を得るほうなのだ」

「…………」

俄《にわか》には信じられず、たったいま聞いた言葉を脳内でくり返す。が、どうしても受け入れられなかった。

「え、でも、じゃあ……このまま一緒にいたら、イチは消えてしまうってことですか？」

自分の発した言葉にぞっとし、思わず口許《くちもと》へ手をやった。

「顕現できなくなるだけよ。つまり姿は見えないが、目の前にはいるわけだ」

「それって、俺だけじゃなくて、なりくんやまあくんもイチのことが見えなくなるって意味ですか？」

「無論」

平然と肯定した家鳴りに、愕然《がくぜん》とする。これまでのんきに幸運を喜んでいた自分の単純さを責めたくなった。

「そのような顔をせずとも、ひとの場合、そもそも吾の姿が見える者のほうが稀なのだ。みなは、ツキが回ってきたと喜んで、よりよい場所へ移っていく。周が案ずる必要はないぞ」

イチは普通のこととして片づけようとする。

「……俺は、ぜんぜん喜べません」

いまの話を聞く限り、家主が幸せになるとイチは弱るのだ。どうやら家主が出ていき、物理的に離れればそこで自ずと縁は切れ、またもとに戻るようだが、それもまた次の家主の養分になるためで、イチの得になることはない。

「おかしくないですか？　それじゃあ、イチは損するばかりじゃないですか」

文字通り身を削っているのだ。そんな事情なら、先に話してほしかった。

「まあ、そういうものじゃ、としか言えんな」

枕返しの一言も、納得にはほど遠い。イチが弱ると知って、黙って見ていられるはずがなかった。

イチに向き直り、まっすぐ見据える。

「内定も辞退するし、宝くじの換金もしません」

急な申し出に驚いたのか、イチが目を丸くした。

「もう決めました」

だが、枕返しがかぶりを振った。

「無駄じゃ。周がここにいる限り、幸運は訪れる」

「じゃあ、俺、出ていきます。ここに住まなくても、会いに来ればいいだけですし」

妙案だと思ったものの、家鳴りに一蹴された。

「なんと、座敷童をこの部屋で飼い殺しにすると？　これはまたひどいことを言うものよ。家主が幸せになるのを見届けん限り、座敷童はここに留まるしかないというのに」

「……そんなこと言われてもっ」

反論に詰まる。家鳴りの話が事実であるなら、自分がしようとしているのは座敷童としてのイチの存在価値を否定しているも同然で、ひどいと言われてもしようがない。

他の誰も近づけず、たまに会いに来ればいいなんて、ずいぶんと身勝手な話だ。

一言の弁明もできず、唇を噛む。

「いくらなり殿であっても、周を傷つけることは許さんぞ」

すると、イチがすかさず家鳴りに抗議した。

「周に謝罪してほしい。もし厭だというなら、残念だが、なり殿にはここを出ていってもらうしかない」

「イチ」

イチは本気だ。本気で周のために腹を立ててくれている。それも家主の幸福のためだとしたら——なんだか胸が痛かった。

「俺は平気です。なりくんは間違ってないですし……でも、ありがとうございます」

イチが庇ってくれたことは素直に嬉しくて、礼を言う。

「吾こそだ」

イチは真摯なまなざしで、首を横に振った。

「吾のことをこうまで気にかけてくれたのは周だけだ。それゆえに、吾に利がないというわけではない。周が幸せになることこそが、吾の幸せなのだ。周の喜ぶ姿を見ていると、心があたたかくなるぞ」

イチのまっすぐな言葉にはかえって切なくなる。こういうイチだからこそ、離れたくないと思ってしまう。

「一緒にいてもイチが消えない方法はないんでしょうか」

無茶な言い分だと自覚していても、あきらめきれずに食い下がるのはそのせいだ。

申し訳なさそうに首を横に振った枕返しにショックを受けた周だったが、

「芝右衛門狸《しばえもんたぬき》なら、あるいはなにか知っておるかもしれんな」

隣室でぼそりと呟いた家鳴りの一言を聞き、すかさず移動し、詰め寄った。

「その、芝右衛門狸さんはどこにいらっしゃるんですか」

いまさら「狸」にとやかく突っ込むつもりけない。どんな些細なことでも知っている相手がいるのなら、それが狸だろうと狐だろうと構わなかった。

「芝右衛門狸がおったな」

と、枕返しも手を打つ。

「確か、淡路島《あわじしま》に住んでいるんだったか」

どうやらイチにしても知己のようで、芝右衛門という狸が博識として名を馳せているのだとわかった。

「淡路島に行きましょう」

だとすれば思案するまでもない。たとえわずかな可能性であっても、できる限りのことをするつもりだ。

しかし、三人が三人とも淡路島行きに難色を示す。

「あの狸は、なかなか気まぐれでなあ」

と家鳴りが言えば、

「うっかり機嫌を損ねれば、逆に厄介事を押しつけられそうじゃ」

枕返しも同調する。当のイチも否定しないところをみると、よほど気難しい狸らしい。

バン、と周はちゃぶ台を叩いた。

「ここでぐだぐだ言ってても埒《らち》があかないでしょう。みなさんが行かなくても、俺は行きますから」

当てつけの意図もあって、押し入れからリュックを引っ張り出し、さっそく荷造りを始める。タンスから着替えを取り出したところで、

「吾も行こう」

イチが名乗りを上げてくれたので、ほっとする。

人間の、単なる一般人である自分ひとりが淡路島へ乗り込んだところで途方に暮れるのは目に見えていた。

もはや一刻も悠長にしていられないと、荷物を詰め終えるや否やふたりで部屋をあとにする。

長旅に気を張っていたにもかかわらず、なんらかの妖力でも働いたのか、あっという間に芝右衛門狸が住んでいるという霊山に到着した。

あれほど家鳴りと枕返しが厭がっていたのはなんだったのか。いっそ拍子抜けしつつ、周はイチとともに山の麓《ふもと》に現れた鳥居を見上げる。

「着きましたね」

「そのようだ」

鳥居の向こうは見えない。未知の場所に戸惑いがないと言えば嘘になるが、イチが一緒にい

てくれるおかげで不安はまったく感じなかった。

「覚悟はよいか、周」

イチが差し出してきた頼もしい手を、しっかりと掴む。

「はい」

ふたりで鳥居をくぐり、手を繋いだまま靄《もや》の中を歩いていく。かと思えば、いくらもしないうちに靄は消え、視界が明瞭になる。そこには驚きの風景が広がっていた。

「……広っ」

いまのいままで自分は山にいたはずなのに、前を見ても背後を振り返ってみてもだだっ広い野原が続いているだけで周囲にはなにもない。

「これって……」

「うむ」

イチが頷く。身構えていたわりには、あっさり芝右衛門のテリトリーに入れたらしい。その証拠に、十歳前後の少年が忽然《こつぜん》と姿を見せた。

「めずらしい客人や」

まさかこの少年が？

「芝右衛門殿」

半信半疑だったが、イチがその名を口にしたので、やはりそうだったかと芝右衛門を凝視する。

面食らうのも当然だろう。博識の狸と聞いていたのに、目の前にいるのは美少年だ。目鼻立ちがはっきりしていて、長い髪を頭の高い場所でひとつに結わえている。その姿は、まるで昔見た絵本に描かれた牛若丸さながらだ。

「博識と名高い芝右衛門殿に教えを乞いに来た」

イチが目礼する。

満更でもないのか、小さな身体で仁王立ちしていた芝右衛門が、ぐっと胸をそらした。「まあ、儂ほどの物知りはおらんしな」

見た目にそぐわない権高な物言いに、大丈夫かと不安に駆られる。外見のみで判断する気はないとはいえ、やけに偉そうだ。

「ただ、答えがあるかどうかもわからぬほど難問で」

「儂が答えられんことなどないわ」

ふたりが話をする間、横やりを入れないよう口を噤《つぐ》んで成り行きを窺う。

「では、さっそくお教え願いたい」

そう前置きしたあと、イチが口火を切った。

「家主を幸せにするのが座敷童の役目であるのは重々承知しておるが、そうなると吾の身は霞《かすみ》のごとく淡くなる」

それがどうしたとでも言いたげに、芝右衛門は怪訝《けげん》な表情で顎を引く。

「これまでわずかとはいえ、吾のことを曖昧ながら認識できた者らもいたが、すぐに見えなくなる。いや、人間だけではなく妖でも同じ。ひとたび形貌《けいぼう》がとれなくなれば、あとはじっと待つしかない」

「座敷童よ。いまさらなにを言うとる」

「そう、いまさらなのです」

これまで邪魔をしないようにと我慢していた周だったが、のらりくらりとしたふたりのやりとりに黙っていられず、一歩前に出た。

「俺が、芝右衛門さんのところに行きたいと言いました。イチの養分をもらってまで、幸せになりたくないんです。イチのおかげで就職先が決まったり、もしも、恋人ができたりしても、イチの存在が見えなくなるなら、そんなの嬉しいわけないじゃないですか」

咎《とが》められるかと身構えていたけれど、イチも芝右衛門もでしゃばったことに関してはなにも言わなかった。その代わりに、

「では、出ていけばええ」

芝右衛門が身も蓋もない返答をする。

「俺が出ていっても、他の誰かになるだけで、なんの解決にもならないでしょう」

「そうか？　どうせその誰かは端から座敷童の姿が見えんのやから、特に問題ないんとちがうか？」

「だから俺が言いたいのは……っ」

どうやったら芝右衛門を納得させることができるのか。平行線を辿《たど》る会話に、次第に焦れてくる。

「なんやかんや言うて、結局、自身が不運続きの人生から逃げたいだけやないか？　この先、なんのよいこともなく孤独に生きていくのは厭やろ？」

厳しい言葉を放つ芝右衛門に、唇を噛む。

自分がいかに無謀な真似をしているのかを痛感する。なにしろ座敷童として生きてきたイチの数百年——あるいはもっと長い年月を、たった半月ばかり一緒にいただけの人間が覆したいと言っているも同然なのだ。

芝右衛門の言うように「いまさら」なことにもかかわらず、厭だという感情で拒むのはエゴでしかないというのも重々わかっている。

「芝右衛門殿。周は吾の身を案じてくれているのだ」

眉間に縦皺を刻んだイチが割って入る。いつも味方でいてくれるイチに胸を熱くしたのもつかの間、

「そんなの言うとる場合か。座敷童、おまえ、肝心なことを話しておらんみたいやないか。まずはそこからや。そこを抜きにしては、なんも始まらんぞ」

芝右衛門に睨まれ、ぴくりとイチの頬が引《ひ》き攣《つ》る。それが芝右衛門の言葉を肯定している証拠に思え、周はイチに向き直った。

「肝心なことって、なんでしょう」

「いや……それは」

「イチ」

話してほしいと視線に込めると、イチが重い口を開く。周は、思いがけない話を聞くことになった。

「初めに、吾に周を幸せにしてやってほしいと頼んできたのは、周の祖父である匡《たすく》だ。といっても匡は、父親の——清の言葉を思い出して、駄目元だと言って神棚に向かって頼み事をしていただけだったが」

「え……それって」

「周が戻ってくる前、一時的に匡があの部屋に住んでいたのだ」

「待ってください。イチと契約したのは、祖父ちゃんだって言ってる？　そんなわけない。だって、あのとき俺と――」

イチがかぶりを振った。

「契約などはない。吾は、家主に幸運をもたらすだけの妖なのだ。そして、あの部屋に周を呼び寄せると匡が決めた」

「でも、じゃあ……なんでいままで黙っていたんですか？　祖父ちゃんも、なにも言ってくれなかった」

責めたつもりはなかったものの、結果的にそうなってしまったようだ。

「やれやれ」

芝右衛門が呆れた様子で口を挟んでくる。

「ふわふわ漂っているそなたに、果たしてなにをどう話せばよかった言うんかのう」

ふわふわ漂っている？　どういう意味だ？

真実を聞きたい一心で、イチに詰め寄る。

「全部話してください」

が、この期に及んでもイチは戸惑いを見せる。

「しかし、こういうことは匡の口から――」

「いますぐ話してください」

どうあっても話してもらうとイチに迫る。

なお躊躇っていたが、観念したのかイチがようやく口火を切った。

「よく思い出してほしい。あの日、周が匡から電話を受けた日のことだ」

「祖父ちゃんからの電話……？」

「そうだ。地元に戻ってくるようにと連絡があったとき、実際はなにがあったのか」

「――――」

あのときは、確か「お祈りメール」が来て落ち込んでいて、早合点した見知らぬ女性に声をかけられた。

――帰ろ。

また誰かに勘違いされてもと、ため息を押し殺して歩道橋の階段を下りた。横断歩道を渡ろうとしたタイミングで着信があり、そちらに気をとられた瞬間、右折してきた車が減速することなく突っ込んできた。

――え。

避ける間もなかった。自分に向かってくる車がやけに鮮明に見え、まるでスローモーション映像のようだった。怪我をしたら母親は泣くなとか、入院しなきゃならないだろうかとか、そうえば借りていた本の返却がまだだったとか、一瞬の間にいろいろなことが脳裏をよぎったせいで、なおさら時間の経過が遅く感じられたのかもしれない。

「実際はって……だから、車が急ブレーキをかけたから、俺は祖父ちゃんと電話して……」

確かぎりぎりで回避して、祖父からの電話に出て話をしたのだ。その際に地元へ戻ってくるよう背中を押してくれたおかげで、イチと出会い、いまはこうして芝右衛門と対面している。

「……………」

本当にそうだった？

唐突に、頭の中でそんな声がした。

本当に車は急ブレーキをかけて、自分は祖父と電話をしただろうか。疑問を抱くと、急激に不安がこみ上げてくる。あらためて当時の出来事を脳内で再現しようにも、どういうわけか記憶が曖昧になり、明確に思い出せるのは自分に迫ってくる車だけだ。

「……俺」

黙り込んだ周に、芝右衛門が歩みより、肩に手を置いてきた。

「少しは自覚したか」

「いえ……でも、そんなわけ……俺、いまちゃんとここにいて」

はは、と笑い飛ばした。実際はそれどころではなく焦っているため、喉が引き攣った。

「ちゃんとここに、か」

芝右衛門がじっと見据えてくる。

「ここにいるのがまことや言うんなら、あちらは抜け殻というわけやな」

あちら？　あちらってなんだ？

「いま一度、よく思い出してみるとええ」

促されるまでもなく、今度は地元に戻ってきてからのことを脳裏で再現していった。一〇一号室に引っ越してきてからのことを。

自分は、イチや枕返し、家鳴り以外と話をしたことがあっただろうか。

休日にチャイムを押しても、住人は留守で、すでに半月ばかりたっているというのにいまだ挨拶できずにいる。近隣住民にしても、こちらから声をかけても目の前を足早に去っていくばかりで、そっけないひとが多いなと怪訝に思ったのは一度や二度ではない。

貧乏神は除外するとして——。

「あ、そうだ。祖父ちゃんと話をした」

その際に祖父にもイチの姿がぼんやり見えるらしいと知って驚いたのだ。

ほっとしたのもつかの間、イチがかぶりを振った。

「あのとき、匡が認識していたのは吾ひとりだった」

「え……でも」

そう言われると、急に自信がなくなる。祖父は一度でも自分を見ただろうかと。

「だけど俺……こうやってちゃんとここに来ているし……」

ちゃんと？　新幹線や電車に乗っただろうか？　いつの間にか現地に着いていて、自分でも驚いた。違和感は他にもあった。

やたら眠くて、目が覚めたら夜になっていた。それから――。

「願望やろうなあ」

芝右衛門が肩をすくめる。

「願望？」

「地元に帰ればよかった、地元で就職して、ちゃんと自活したかった。そういう気持ちやな。匡の想いと合致したんやろ」

「…………」

「逆に言えば、それだけやったんやないか？　やりたいこと、やらなければならないことはできても、他はどうや？　たとえば昨日はなにを食した？　普通にみながやっとるはずの飯を食うとか、風呂に入るとか、そういう人間には不可欠なことをやっとったか？」

「それは……当然」

昨日食べたものを思い出そうとする。が、すっぽりと記憶から抜け落ち、返事をしようにもできなかった。

ガツンと頭を殴られたような衝撃を受ける。芝右衛門の言ったとおり、この半月あまり、食事をした憶えがまったくない。

みんなでお茶は飲んだが、それを言っても無意味だというのはわかっていた。

「……俺、幽霊なんですね」

声が上擦る。

どうやら自分は事故を回避できなかったらしいと認めるのには、勇気がいった。

まさか二十一歳という短い人生を終えるはめになるなんて、幽霊に懐疑的だった自分が自ら存在を証明することになるなんて、予想だにしていなかった。よほどこの世に未練があるのだろう。

確かに、祖父と母親を残して逝くことを考えると胸が締めつけられる。

だが、芝右衛門の言うことをなにひとつ否定できなかった以上、どうしようもない。祖父に元気がなかったのはそのせいだったか。

ごめん、とここにはいないふたりに向かって、心中で謝る。祖父も母親も自分が面倒を見るつもりでいたのに、なんの恩返しもできずじまいになった。これ以上の親不孝、祖父不幸があるだろうか。

「芝右衛門さんも妖ですか？　まさか俺の願望がつくりだした存在じゃないですよね」

落ち込みながら、目の前の芝右衛門へ視線を流す。霊感が皆無の自分がイチや家鳴り、枕返しをなぜ認識できたのか。自分自身もすでにひとではなかったからだと思うと、合点がいった。

「いや」

イチが答える。

「え、まさか……俺の妄想……？」

「そうじゃない」

「どっちなんですか」

ここまできたら気遣いは無用だ。すべて話してほしい、その一心だった。中途半端なままでは成仏したくてもできそうにない。

「周は幽霊ではないと言いたかったのだ」

いったいどういう意味だ？　涙目になってイチを睨む。イチは再度、

「周は幽霊ではないぞ」

念押しするかのごとく同じ言葉をくり返した。

「周はまだ死んでおらん。いまの状態は寝たきり、つまり――」

「昏睡状態?」

イチが頷く。

「生霊やな」

すかさず横から芝右衛門が恐いことを言ってきたが、とりあえず死んでいないのなら生き返る可能性があるということだ。

「大事なのは、周が心から戻りたいと願うことだ」

「……戻りたいと願う」

イチの言葉を自分でも呟く。

実際のところこのままでもなんの不自由も感じていない。現状うまくやっているし、イチや枕返し、家鳴りとの暮らしを愉しんでもいる。でもそれは、芝右衛門が言ったとおり願望であって、現実ではない。

「生霊、か」

以前の自分であれば、事故に遭って昏睡状態になった事実を聞かされたなら、やっぱり不運だと嘆いたかもしれない。

いまは命があったことこそが幸運だったと思える。それはやはりイチの影響が大いにあるだろう。

家主の幸せが自身の幸せ、家主の笑顔を見ることで満足、そんなふうに言えるイチとともに過ごして、いつのまにか心が凪いでいた。

「よい職に就くとか立派な男になるとか、それほど重要ではない。周が無事に目を覚ます、また祖父ちゃんと呼ぶ、それこそが匡の幸せ。唯一とも言っていい望みだ」

「……祖父ちゃん」

祖父の想いを聞かされ、ぐすっと洟《はな》をすする。色々なことから目をそらしていたという事実が、いまさらながらに深く胸に突き刺さった。

「俺、生霊なんてやってる場合じゃないですね」

待っているひとがいるのだから、ちゃんと目を覚まさなければ。

「……でも、イチとは現実でも会えるんでしょうか」

ただ、気がかりなのはこれだ。祖父とイチは会話できていたし、と期待を込めて問う。

生き返ることを優先すべきだとわかっていても、もし会えなくなったらと思うと、どうしたって不安になる。

イチはもちろんのこと、枕返しや家鳴りもいまや大事な友人、仲間だ。

「それについては」

答えようとしたイチを芝右衛門がさえぎる。

「それはわからん。そもそも生霊の間の記憶け失われるかもしれんしな」

嘘でもいいから大丈夫と言ってほしかったのに、芝右衛門は容赦がない。

「失われるって……そんなの厭です」

あえて軽い口調で言った。そうしないと、心が折れてしまいそうだったからだ。イチを忘れたくない。忘れたらと思うと怖い。いっそのこと生霊のままの暮らしを続けたほうがいいのではないか。それもまた周の本心で、計らずも自分で思っていた以上にイチの存在が大きくなっていたと知る。

「そうだな。だが、吾はあの部屋に、周の傍にいる」

「――イチ」

「吾の願いは、周が目を覚まして、生を全うすることだ。それこそが周の幸福なのだ。吾は、あの部屋で幸せになる周を見守っておるぞ」

「……っ」

とうとう耐えきれなくなり、じわりと睫毛《まつげ》が濡れてきたのを自覚した。慌てて顔を背けたが、きっとイチには気づかれてしまっているにちがいない。

こうまで言われて、どうして躊躇ってなどいられるだろう。あの部屋で見守っていると言ってくれたイチを失望させるような真似だけはしたくなかった。

涙を堪え、芝右衛門に向き直る。

「俺、どうやって身体に戻ればいいんですか」

決心が変わらないうちにと教えを乞うたところ、返答したのはイチだった。

「強く願えばいい。周の魂が地元に帰ってきたように、周自身が戻りたいと強く願えば、きっと戻れる。いつの世でも、物事を動かすのはひとの心だ」

イチの言葉を心中でくり返し、深く頷く。

でも、その前に。

「俺、イチのこと忘れないし、たとえ忘れたとしても、絶対思い出すから——イチも俺を呼んで。周って何回も。そうしたら俺、きっと応えます」

物事を動かすのが心だというなら、大丈夫だ。イチが名前を呼んでくれればきっと思い出せる、そう信じたかった。

一瞬目を見開いたあと、イチがほほ笑んだ。

やわらかなイチのその表情を瞼の裏に焼きつけながら、周も笑い返した。

「じゃあ、また」

それが最後になった。

一瞬にして、周囲の景色が消える。と同時に、身体がふわりと浮いた。次に視界が曖昧になり、少しずつ闇に呑まれていくと——そこで意識がぷつりと途切れた。

気づいたときには、暗闇の中にひとり立っていた。一寸先が見えない、完全な闇が広がった空間で途方に暮れて、どれくらいたったか。不思議と恐怖心はなく、どちらへ行こうかと周囲に顔を巡らせ続けた。

闇のなかに、やがてうっすらと細い光が射し込んでくる。わずかな明かりを頼りに足を踏み出した周は、ひたすらそちらへ向かった。

一歩進むごとに光が強くなっていることに気づいてからは自然に小走りになっていて、最後は全力で駆け出していた。

「……あ」

次の瞬間、眩《まぶ》しいほどの光に包まれる。

しばらくすると、遠くで自分の名前を呼ぶ声が聞こえてきた。

誰なのか、ぼやけている顔を見たくて何度か瞬きをしているうち、徐々に靄が晴れて視界が明瞭になっていく。

「……祖父、ちゃん」

声を発するのに時間がかかったが、なんとか絞り出すと、祖父がくしゃりと顔を歪めた。

「よかった、周」

常に冷静で、思慮深い祖父が初めて見せる表情だ。その目にはうっすら涙が滲んでいる。ぎゅっと握ってきた祖父の手が震えていることに気づき、周もまたこめかみに熱い雫が伝うのを止められなかった。

「いま、恵理子《えりこ》が先生を呼びにいってるからな」

母親も傍にいてくれたのだと、祖父の一言で知る。ふたりにはこれ以上ないほどの心配をかけてしまったようだ。

「周、おかえり」

ただいまと告げた声が上擦った。

長い長い夢を見ていたような、不思議な感覚だった。

3

検査続きの一週間を終え、無事退院となった。骨折はほぼ治っていたが、半月以上寝たきりだったせいでしばらくは実家からの通院でリハビリ生活を送ることになり、おかげで時間だけはたっぷりあった。

いまは身体をもとに戻すことが先決だと自分を納得させ、母親と祖父に頼りきりだが、一方でなにかが心に引っかかっていて、それについて日々考えている。

身に憶えのない途切れ途切れの場面が、時折脳裏に浮かんでくるせいだ。

きっと夢にちがいない。それとも、たまたま病室で耳にした看護師の話を自分の記憶だと勘違いしてしまっているか、だ。

意識はなくても聴力は残っていると聞いたことがある。

頭のなかに映像が浮かんでくるたびに、そう自分に言い聞かせているが――まるで並行してふたつの記憶を持っているかのような感覚が拭えない。

しかも、その曖昧な夢はやけにあたたかくて、脳を、胸をくすぐってくるのだ。おまえの幸せはこっちにあるよと手招きされているみたいだ、なんてばかばかしいのは自分でもわかっているが。

見知らぬ誰かと他愛のない話をしたり、散歩をしたり、並んで寝たり。穏やかな日常を送っている場面が脳内に突如降って湧いてくるのを今日も受け流しながら、リハビリの一貫のウォーキングに勤しむ。急がなくてもいいと母親は言ってくれるけれど、家でのんびりしていても焦るばかりだった。

――吾のことを気にかけてくれたのは周だけだ。

「……いや、夢だから」

唐突に頭に浮かんだ誰かの言葉を振り払おうと、強く首を横に振る。だが、日に日にその「夢」や「声」に囚われていく一方だ。

――吾はあの部屋に、周の傍にいる。

自分を見て、やわらかな笑みを浮かべる顔まで朧げながら思い描くことができるのだ。

「俺、頭を打っておかしくなったのかな」

昏睡状態の間、現実では叶えることのできない恋の夢でも見ていたとでもいうのか。

いくらなんでもこじらせすぎだ、と笑い飛ばそうにもうまくいかなかった。胸の奥がずきりと痛んで、唇を引き結ぶ。

なぜなら――。

ずっと心に隙間風が吹いているのだ。ぽっかりと開いた穴を埋められず、あたたかな陽射しを浴びてもなお寒くてたまらない。

「……寂しいな」

ぽつりとこぼれ出た一言に面食らったのは一瞬で、もう認めるしかなかった。自分は寂しいのだと。

妄想のなかの誰かに会いたくて、会えないことが寂しい。漠然としていようと、ばかみたいであろうとそれが本心だった。

「いてててて」

胸に手をやり、顔をしかめる。

せっかく奇跡的に昏睡状態を脱したというのに、自分ときたらラッキーだったと喜ぶどころか、ずっと現実にはいない誰かを追いかけている。

――周。

ふと、すぐ近くで名前を呼ばれたような気がして、足を止めて周囲を見回した。当然そこには誰もおらず、いっそう落ち込むはめになる。

――周。

「ああ、もう！　うるさいっ」

頭を手のひらで叩いた。

「なにをやってるんだ」

直後、背後から肩を掴まれ、はっとして振り返った。そこにいたのは、祖父だった。様子のおかしい孫を心配して、ウォーキングのあとを追いかけてきたようだ。

「大丈夫なのか」

変なところを見られてしまった。気まずさを味わいつつ、大丈夫だと返す。

「祖父ちゃんこそ」

どうしてここに？　と問うた周に、祖父が呆れ顔になった。

「頑張りすぎるのもよくない――もう一時間以上になる」

「あ、ほんと？」

スマホで確認したところ、祖父の言うとおりだった。心配をかけるのは本意ではないので、笑ってはぐらかす。

「気分転換のつもりだったけど、ちょっと長くなったな」

「そう思うなら、無理はするな」

気遣いの言葉には、素直に頷く。その間も、頭のなかには見知らぬ男の顔が、鼓膜には声がこびりついたままだった。

「すぐ帰るから」

先に戻っててほしいと言外に促す。

「周、このまま付き合ってくれ」

「なに？　あらたまって」

正直なことを言えばそういう気分ではなかったけれど、笑顔で応じる。さんざん心配と迷惑をかけてきた身としては、せめて実家に世話になる間くらい素直ないい孫でいたかった。

祖父と一緒に引き返す。数十分後、軽トラで向かったのは祖父が所有しているアパート、花咲荘だった。

「ここ？」

どうしてこんなところにと言外に問うた周に、祖父はなにも答えず降車する。首を捻りつつも続いて軽トラを降りた周は、真っ先に一階左端の部屋へ視線をやった。

どうしてなのかわからない。

「俺、ここに来たことある？」

「そうだな。子どもの頃と、少し前に」

既視感を覚えたのはそのせいか。

「住んだのは、先月、実質半月とちょっと」

「住む？」

自分は病院で昏睡状態にあったはずで、ここに住んでいた記憶などもちろんない。が、左端の部屋が気になるのは事実だ。

「儂も、短い間ここに寝泊まりしていた。周が戻ってきたと聞いてからは、あまり覗かんようにしていたが」

祖父の言葉でますます混乱する。

周がここに戻ってきたと聞いた？　いったい誰から？

「祖父ちゃん。なに言ってるんだよ。だって俺は、事故に遭って――」

事故に遭った日、祖父からの電話を受けたと思っていたのは記憶違いだったとわかった。その時刻に着信はなく、実際に祖父と話したのはその一時間前だった。事故のショックで混乱したのだろうと祖父に言われたし、周も納得した。

だとすれば、いまの話はいったいどういう意味だ？

「俺が、ここにひとりで住んでたって言ってるの？」

「ひとりだったかどうかは、周にしかわからんな」

祖父の返答にいっそう戸惑う。と同時に、やはり大事なことを忘れているような気がしてならなかった。

どうしても思い出さなければと、焦燥感に駆られる。それこそが、意識をとり戻して以降ずっとあった違和感の正体だと確信していた。

突如現れる誰かの言葉。自分に向かってほほ笑みかけてくる、誰かの優しい表情。

「思い出さないと」

夢なら夢、妄想なら妄想ではっきりさせなければ、前には進めない。なぜなら、その誰かの姿や言葉が頭をよぎるたび、切なさとも罪悪感とも言える痛みで居ても立ってもいられない気持ちになるのだ。

これ以上無視することなんてできなかった。

「すみません」

ふいに声をかけられ、振り返る。

「駅はこっちで合ってますか」

会社員だろうか、それにしてはくたびれたスーツを身に着けた三十前後の男が、ひどく散漫な様子でまっすぐ前を指差した。

「はい。合ってますけど、歩くと三十分くらいかかりますよ」

重そうな足取りではもっとかかるかもしれない。暗にタクシーでも呼んだほうがと勧めたものの、男は会釈をして去っていく。

その後ろ姿を見て、大丈夫かなと反射的にそちらへ向かおうとした周だが、誰かに腕を引っ張られて止められ、その場に立ち止まる。

もちろん背後には誰もいない。腕を掴まれた感覚だけがやけに明瞭だ。しかも自分はその手を知っていて、守られているようだ——などと感じること自体どうかしていると思うのに。

「え」

それだけではない。男の背中にぼんやりとした影が見えたのだからいよいよおかしくなったかと何度も目を凝らす。

やはり影はある。怖いというより驚きのほうが大きくて、影の正体を知ろうとなおも熟視した。

輪郭がぼんやり浮かび上がって見える。人形のそれは長身で、影なのにどこか華やかさを感じる。

突如、男が慌て始めた。かと思えば上着のポケットを叩き、スラックスの尻ポケットや鞄の中まで探っても目的のものが見つからなかったのか、がくりと肩を落とす。悲壮感漂う彼に反して、背後の影が華やかさを増したように見えた。

「俺、死にかけたことで霊感が備わったのかな」

冗談めかしてそう言った。冗談にするしかなかった周の心情を知ってか知らずか祖父からはなんの返答もない。

「あのひとの後ろに、なにか見える気がするんだけど」

だが、これに対しては、ああと祖父は頷いた。

「儂にはあまりわからんが、周には見えるんだろう」

「あまりってことは……祖父ちゃんもうっすら見えるんだ？」

いままで霊感があるとか、そういう話は聞いたことがなかった。周自身、一度として霊的な体験をしたことはない。今日が初めてだ。

すでに男の後ろ姿は小さくなっていて、背後の華やかな影も同じだけ遠くなっていた。結局正体はわからずじまいになってしまったが、問題はそこではなかった。

たったいま説明しがたい影を見た、その事実こそ重要だ。

「…………」

振り返り、ふたたび左端の部屋へ視線をやる。

「周」

祖父が差し出したのは、鍵だ。なんの鍵なのか問うまでもない。祖父をそこに残し、周は左端の部屋、一〇一号室へ向かった。

鍵を使って玄関のドアを開ける。一歩中へ入った途端、映像が一気に頭のなかにあふれ、駆け巡った。

まるで洪水みたいな勢いで周の脳内を侵食する。これまで漠然としていたのが嘘のように、はっきりと。

半月あまりとはいえ、いろいろなことがあった。トランプゲームをしたり、散歩をしたり、ふたりで淡路島へも出向いた。あれは夢でも妄想でもない。

確かに自分はこの部屋に住んでいた。

誰と？

床の間をまっすぐ見て、口を開く。

名前は——そうだ、俺がつけたんだ。一〇一号室だから、

「イチ」

と。

「周」

すぐ傍から応えるように、名前を呼ばれた。そこに和服姿の男が——イチが現れる。自分の記憶にあるイチよりもずいぶん朧げなのは、やはり昏睡状態から目覚めた影響だろうか。

イチが変わらず傍にいて、守ってくれていた証拠だと思うと胸がいっぱいになった。

「周が吾を認識しなくても、それでよいと思っていたんだが——やはりこうして向き合って

話ができるのはよいものだな」

やわらかなほほ笑みを浮かべたイチに、頷くことしかできない。息苦しささえ覚えて、自分がいかにイチに会いたかったのかを自覚した。

「……ずっと傍にいてくれたんですね」

「そう約束した」

そのとおりだ。約束した。約束を守ってくれたのだ。

「嬉しいです」

心からの言葉を告げ、イチに抱きつく。本当はもっと言いたいことがあったけれど、なにも考えられなかった。

「吾もだ、周」

イチの手が背中に回る。間近で見つめ合う格好になり、頬が熱を持った。赤面しているだろう顔を隠したくて俯《うつむ》くと、計らずもイチの胸に額がくっつく。

「すみません。俺……」

恥ずかしい。でも、離れる気になれない。

理想のタイプだと思っていた。どうやらそれだけではなく、いつの間にかイチを好きになってしまったようだ。この前まで恋愛の相談をしていたのに、自分でも切り替えの早さに呆れるが、感情ばかりはどうにもならない。またこうして会えたことが泣きたくなるほど嬉しいのだから。

「なんじゃなんじゃ」

その声がしたのは、イチの背後からだった。

「いちゃいちゃして、儂らのことを忘れとるようじゃのう」

さっきまでそこには誰もいなかったはずなのに、子どもの姿が視界に飛び込んでくる。

しかも、ふたり。

「まあまあ、周が戻ってきたことを歓迎しようぞ」

ひとりがそう言うと、

「歓迎は、しておるけども」

ふふん、とおかっぱのほうが鼻を鳴らす。無論、ふたりのことも周はよく知っていた。

「なりくんと、まあくん」

イチから離れ、照れ隠しで咳払いをしてから、それぞれの名前を口にする。途端に、

「周！」

ふたりが勢いよくぶつかってきた。

「周……このまま忘れられるのかと案じたぞ」

「そうじゃそうじゃ。二度とまあくんと呼んでもらえんのかと思って……儂は……」

わあと泣き始めた枕返しに、じわりと熱いものがこみ上げる。短い間でも一緒に暮らした日々は、周にとっても宝物同然だった。

「うん。待たせてごめんね。全部思い出したから」

甘えん坊の枕返し。普段はおすましの家鳴り。

身を屈め、心を込めてふたりを抱きしめる。

しかし、いつまでも再会の余韻に浸っているわけにはいかなかった。

淡路島だ。芝右衛門の言葉が正しいなら、これでやっとスタートラインに立てたということになる。

「イチ、もう一回淡路島に行きましょう」

まだ肝心の問題が棚上げになったままだ。イチの身に起こる変化を一刻も早く解決する。それがなにより大事だった。

さっそくいまからと思った矢先、友人からメールが入った。「元気になってよかった」「あんまり無理すんなよ」との文面を目にして頬を緩めたが、それも一瞬だった。

「桐ケ谷が、引きこもりになってる？」

その後の一文に眉をひそめる。

まさかあの桐ケ谷が？

引きこもりなんて桐ケ谷にはもっとも似合わない。早々に大手企業の内定が決まり、美人の彼女ともうまくいっていて、順風満帆だと聞いていた。

すぐに返事をする。

――桐ケ谷の話、本当？

――マジマジ。彼女に養ってもらってるってもっぱらの噂。ある意味羨ましいよなｗ　けど、世の中なにが起こるかわかんねえ。あの桐ケ谷が引きこもりだぞ？

――そうだな。

二、三やりとりをして、スマホをちゃぶ台に置く。迷ったすえ、ふたたび手にして友人の伝手を頼って桐ケ谷の連絡先を聞くと、よけいなお世話なのは承知で直接メールをした。

――突然連絡してごめん。花ノ井だけど、前に友だちから心配してくれていたって聞いた。ありがとう。おかげで元気になったよ。

当然ながら、いくら待っても桐ケ谷からの返信はなかった。

そりゃそうだ。親しくない奴から急にメールが来ても困惑するだけだろう。半面、桐ケ谷のことを考えても、以前のような胸の痛みを感じていない自分にも気づいていた。

「現金だな」

自身に呆れ、鼻の横を掻く。

淡路島行きの話に戻そうとした周だが、

「周、生身の人間が芝右衛門に会うのは難しい」

先回りしたイチにそう言われてしまった。

「それって、俺が生霊だったから会えたって意味ですか？」

「霊山を三日三晩歩き続けることができるならべつだが」

不可能だと言いたいらしい。

ようは、芝右衛門に会えたのは生霊だったからであって、ひとの身では芝右衛門の試練に耐えられないというのだ。

確かに、三日三晩山中を彷徨《さまよ》う過酷さは想像を絶する。

「でも、このままじっとしていられません」

無理だからといって、この件を放置したままではいられなかった。なんといってもイチの本質に関わることだ。

「いったん吾に任せてくれんか」

「でも」

「どちらにせよ、病み上がりの周を連れてはいけん」

きっぱりと言われてはどうすることもできず、渋々承諾する。それに、イチの言葉どおりいまの身体では足手纏《まと》いになるのは目に見えていた。

とりあえず体力が戻るまで保留。イチに任せると決め、この件は棚上げにする。

「わかりました。お任せします」

承知した周は、いま一度イチの傍に寄った。

「さっき、スーツを着たひとに近づこうとしたときに止めてくれましたよね」

あのとき姿は見えなかったが、あたたかな存在を確かに感じていた。

イチが顎を引く。

「病み上がりの身に、貧乏神は危険だ」

貧乏神に遭遇したのは二度目だ。一度目は、おそらく実体のない不安定な状態だったため、近づかないよう言ったのだろう。

生霊のときもいまも、イチに守られているのを強く感じる。イチにとっては座敷童の役目の一環だったとしても、自分にはちがう。

特別で、大切なことだ。

再会できて本当によかったとあらためて思う。イチの存在が自分にとっていかに大きくなっているかをあらためて実感した。

「周！　一緒に遊ぶぞ」

枕返しに誘われ、タンスの上にあったお手玉でキャッチボールをする。その傍で、あぐらをかいてなにやら考え事をし始めたイチをそれとなく窺った。

果たしてイチは、自分のことをどう思っているのだろう。

少しくらい好意を持ってくれているのか。それとも、あくまで家主に対する感情のみで、それ以上ではないのだろうか。

「…………」

思わず抱きついてしまった先刻のことを思い出し、途端に頬が熱を持つのを感じた。背中に回った手のひらの感触がはっきりとよみがえってくると、じわりと額が汗ばんできた。

心臓の音がうるさくて、イチに聞こえてしまうのではないかと心配になるほどだ。

「どうしたのだ、周。疲れたのか？」

イチの心配そうな声に、はたと我に返った。

「え……ぜんぜん！　大丈夫です」

半笑いでそう返したが、実際は少しも大丈夫ではない。冷静にはなれないし、どうしたってイチが気になる。どんな顔をしてイチに接すればいいのかもわからなくなった。

「ちょっとぼうっとしてただけで……あ、そうだ。祖父ちゃん、外に置き去りだった」

祖父の存在をすっかり忘れてしまっているような有様だ。即座に腰を上げた周は、その前にと姿勢を正し、三人におじぎをした。

「俺、明日からまたここに住むので、よろしくお願いします」

四人の生活が戻ってくる。きっとなにもかもうまくいくような気がする、なんてあまりに楽観的すぎるだろうか。

「こちらこそだ」

イチがやわらかな笑顔を見せる。

「某らに任せるがよいぞ」

「どんと頼るのじゃ」

家鳴りと枕返しが胸を叩いた。

これほど心強いことはない。

もう一度頭を下げてから急いで外へ出てみると、祖父は軽トラの運転席にいた。

「祖父ちゃん」

こちらから話す前に察したらしい。

「ここに住むのか」

先んじてそう言った祖父に、周は深く頷いた。

「明日、私物を運ぶつもり。祖父ちゃん、車出してもらってもいい？」

「ああ、当然だ」

「ありがとう」

母親になんと説明するかという問題が残っているものの、おそらくそちらも祖父がうまくやってくれるにちがいない。

「祖父ちゃんが、イチに——座敷童に俺のこと頼んでくれたんだね」

いま自分がこうしているのは、そのおかげだ。もっと言えば、「曾祖父ちゃん」にも感謝している。この世ならざる者に鈍感だった自分が、生霊になったのをきっかけに変われたのは、曾祖父の血を受け継いだおかげだ。

だとすると、あの事故すら必然だったと思える。

人生に無駄なことなど、たぶんひとつもないのだろう。

「さて、なんの話か」

空惚《そらとぼ》けた祖父がエンジンをかけ、発進した。

軽トラの助手席から見上げた空は、まるで明日からの新生活を祝福してくれているように目に眩しいほど青い。

自身の単純さを内心で笑いつつ、周は明日からの生活を待ち遠しく思った。

一〇一号室に戻った翌日には、桐ケ谷の新たな情報が同じ友人からもたらされた。訪ねていった兄弟が無理やり部屋に入ったところ、かつてのはつらつとした輝きは失せ、まるで別人のように冴えない男に変わり果てていたという。

――病院に連れていこうとしたらしいんだけど、本人が断固拒否だったらしい。

――彼女さんは、傍にいるんだよね。

――だと思うけど、ずっとは見てられないだろ。

確かにそのとおりだ。彼女が外出すれば、その間、部屋の中に桐ケ谷ひとりになる。ひとりの心細さは周にもわかる。

不運続きだと嘆いていた頃、なにをするにも億劫《おっくう》で、友人の誘いはすべて断っていた。なにもかもうまくいかない自分が愉しんではいけないような気すらしていた。

「桐ケ谷が大変みたい」

着替えやパソコンを実家から一〇一号室に運び入れた周は、片づけを手伝ってくれたイチに礼を言ったあと、躊躇いつつ切り出す。

友人ですらない自分がでしゃばったところでなんの解決にもならないとわかっていても、やはり心配だった。

「ああ、周が好意を持っている相手だったか」

イチがそう言い、どきりとする。

「もうちがう……っていうか、俺、名前とか言った？」

「いや、言ってないが、最初に彼の名前を口にしたときの周の様子で察した」

そんなにわかりやすかったか、と呆れる半面、むしょうに言い訳したくなる。もう失恋から立ち直ったし、それはイチのおかげなんですよと。

だが、気の多い奴と思われるのが厭で、睫毛を伏せた。

「好意って言っても、友だちですらないから」

「そうか」

一言で受け流したイチに、そりゃそうだよなと自嘲する。まさか目の前の人間が、いまは自分に好意を抱いているなんて微塵《みじん》も思わないはずだ。

「心配なら、訪ねていったらどうだ？」

「でも、親しくもないのに、迷惑じゃないですかね。俺が励ましたからって、どうにかなるとは思えないし」

その前に会ってもらえないだろう。

「だとしても、行かないことには始まらない」

イチの言うとおりだ。

会えるかどうかは別として、たとえそれがイチの恩恵だとしても、昏睡状態にあったときに心配してくれていたというなら、今度は自分が知人として桐ケ谷を心配するのは少しもおかしくない。

一方で、プライベートな問題なので、やはり友人でもない自分が首を突っ込んでいいのかどうかと躊躇ってしまう。

いや、正直に言えば躊躇いの理由はそれだけではない。これ以上イチに誤解されたくないという思惑も大いにあるのだ。

「周はどうしたいのだ？　なにもせずにいたら後悔するのではないか？　それに――」

イチがそこで言葉を切った。

「いや、なんでもない」

言い淀むなんてめずらしい。不思議に思って窺うと、イチはふいと横を向いてしまった。

「イチ――」

どうしたのか問おうとしたが、

「イチがつき添えば問題なかろう」

その前に家鳴りが割り込んできた。

「まあ、周がよいなら」

イチもそう言ったので、周としては迷うまでもなかった。

「そうですね。ちょっと遠い散歩がてら」

実際は、散歩どころか旅行になる。東京まで新幹線を使っても二時間。高速バスだとゆうに四時間はかかる距離だ。

アルバイトの蓄えのおかげで金銭的な余裕はあるのだから、会えるかどうかはさておき、行くだけ行ってみようと決める。会って、心配してくれたお礼を伝えるのだ。

もとよりイチと一緒であることが重要だった。

「じゃあ、明日にでも行きますか」

翌日、さっそく実行に移す。出かける間際まで儂も行くと駄々をこねた枕返しを、お土産を買ってくることでなんとか宥《なだ》め、イチとふたりで部屋をあとにした。

新幹線がすいていたのは幸いだった。並んで座り、たまには小声で話もした。もし誰かに会話を聞かれたら、独り言を言っている変な若者と不安にさせるはめになるが、それだけ浮かれてもいたのだろう。

桐ケ谷をダシにしたようで申し訳なくなるほど愉しい道中を過ごし、予定どおりの時刻に東京駅に着くと、電車を乗り継いで桐ケ谷が住んでいるというマンションを目指し——自宅を出てからおよそ四時間後、周は洒落たマンションの前に立った。

大手企業に就職が決まり、引っ越した先は十五階建てのマンションで、オートロック。彼女と同棲。

周からすれば順風満帆に思えるし、羨《うらや》ましいし、夢のある生活だが、当人は引きこもっているという。

誰に対しても笑顔で接し、みなの人気者だった桐ケ谷の身にそれだけのことがあったと容易に想像できる。

イチと視線を合わせてからガラス扉を通り、緊張しつつ部屋番号を押す。聞こえてきたのは、女性の声だった。

「花ノ井と言います。桐ケ谷くんはいますか？　近くまで来たので、寄ってみたのですが」

ふたたび声が聞こえるまでに、たっぷり三十秒は待たされた。

『ああ、優斗《ゆうと》の友だちかしら？　彼、誰にも会わないわよ』

やはり駄目だったか。

「あの、だったら、花ノ井は元気になりましたって伝えてもらえませんか？」

だからきっと桐ケ谷も元気になれるはず、なんて無責任には言えない。でも、みながそれを望んでいるのは間違いなかった。

「急にお伺いして、すみませんでした」

暇《いとま》の挨拶をしたときだった。

『え、どうしたの？　優……』

女性の声が途切れると当時に、目の前の扉が開く。桐ケ谷がオートロックを解除してくれたらしい。

桐ケ谷に会えたとして、なにを話せばいいのかといまさらながらに考える。とりあえず励まされたことの礼を言うとして、そのあとはなんと声をかければいいのか。

「入らないのか？」

背後のイチに促され、答えを出せないまま頷いた周はマンション内へと足を踏み入れた。エレベーターを使って六階へ上がると、奥まで進んで六〇五号室の前で立ち止まる。ひとつ深呼吸をしてから、インターホンを押した。

『はい』

今度の声は男――桐ケ谷だ。

「俺、花ノ井、だけど」

『うん。ちょっと待ってて』

いくらもせずにドアが開く。現れた桐ケ谷は周を見ると、以前同様ににこやかな笑みを浮かべた。

「急に押しかけてごめん。近くまで来たから、その、お礼を言いたくて」

引き攣りそうになった頬に手をやってごまかした周は、無理やり笑い返す。内心では、桐ケ谷の変化に衝撃を受けていた。

髪は伸び放題、それどころか無精髭《ぶしょうひげ》まであり、かつてのお洒落な学生のイメージは皆無だ。衣服についても着古したスエットで、親指に穴の開いた靴下を履いている。

「お礼？」

首を傾げた桐ケ谷に、できる限り軽い口調で先を続けた。

「俺が入院していたとき、心配してくれてたって聞いたから」

変に思われるのは覚悟のうえだ。

だが、桐ケ谷はいっそう笑みを深くした。

「ああ、本当に元気になってよかった。俺さ、花ノ井のこと友だちから聞いて、話してみたかったんだ。武井《たけい》、わかる？」

「あ、うん。二、三回話したことある」

「なんだか今日、気分いいな。もしかして花ノ井のおかげ？」

はっとして、背後のイチを振り返る。おそらくそれは自分ではなく、イチのおかげだ。イチは家主の幸福のために存在する。桐ケ谷が普段よりも元気だというのも、その延長にちがいなかった。

「……どうかした？」

だが、当のイチはめずらしく眉間に縦皺を刻み、深刻な表情をしている。

まさかやきもち？　――なんてことはないだろうから、それ以外でイチがこんな顔をするとなると、思い当たることはひとつだった。

「近くに貧乏神さんがいますか？」

小声でイチに問う。

「いや」

否定しつつも、どういうわけか警戒心をあらわにするイチに戸惑った。当然ながら桐ケ谷にはイチの存在が見えていない。

「時間あるんだろ？　中に入ってよ」

通常であれば桐ケ谷の誘いを快く受けただろう。しかし、イチの様子が気になって、答えあぐねる。

「周、帰るぞ」

突然、イチがコートの裾を引っ張ってきた。

「ほら、花ノ井。遠慮しないで」

イチと桐ケ谷。

いまの周はふたりの間で迷うことはない。どちらの言葉を優先するかは決まっていた。

「え……と、ちょっとこれから行かなきゃならないところがあって」

ごめん、と謝る。

「せっかく寄ってくれたんだし、少しくらいいいじゃないか。コーヒーくらい飲んでってよ。言っただろ？　俺、花ノ井と話してみたかったんだ。あ、メールくれてたのに、忙しくて返してなかったな。ごめん」

人懐っこさを発揮し、桐ケ谷が肩に手を置いてきた。

イチはますます険しい顔になり、桐ケ谷の手を強く叩いた。

「わ」

どうやら周がやったと思ったようだ。驚いたのか、桐ケ谷がきょとんとした顔になる。それでもなお誘ってくる理由は、直後判明した。

「そうよ、中へ入ってください。優斗が友人を招くの、めずらしいのよ？」

桐ケ谷の後ろに、口許にほほ笑みを浮かべた女性が現れる。笑顔にもかかわらず、なぜか寒気を覚え、反射的にイチの着流しの袖を掴んでいた。

「紹介するよ。俺の彼女で、椛《もみじ》さん」

桐ケ谷は照れくさそうに女性を紹介する。

イチは貧乏神に会ったとき同様、いや、それ以上の緊迫感で周の前に身を割り込ませて、じりっと後ろへ下がった。

「いますぐここを出るぞ」

イチが警戒しているのは桐ケ谷ではなく、女性——椛のほうだったのだ。

「もしかして……」

明確に問うたわけではなかったが、イチは顎を引いた。

やっぱりか。驚きをもっていま一度彼女を観察する。

清楚な白いブラウスとAラインのスカートを身に着けた椛は、二十代前半の美女にしか見えない。胸元まである艶やかな髪と、ぷっくりと厚みのある小さな唇が印象的で、初めて会った周に対しても愛想がいい。

一方で、いろいろなことに納得がいった。

桐ケ谷が突然引きこもったのも、誰にも会わなくなり、見かけが変わってしまったのも

――桐ケ谷の身に起こった異変のすべては椛という女性のせいだったのだ。

「急げ、周」

「でも、このままにしておくわけには……」

ここで逃げれば、桐ケ谷の窮地に見て見ぬふりをすることになる。イチがこうまで警戒するからには、貧乏神以上に危ない妖であるのは間違いないのに。

イチが首を横に振る。

「吾にはなにもできん。もともと争い事向きではないゆえ」

それはそうだ。

座敷童と争い事なんて、対極にあると言ってもいい。それを相手も察知しているから、強気な態度なのだろう。

どうすればいいのか。もともと自分にできることはないのだから、おとなしく退くべきなのか。

「…………」

どうしよう。

決めかねているうちにも、椛は迫ってくる。

「さあ、中へ」

にたっと笑うその唇の奥、口中まではっきり目に入った。それはブラックホールを連想させ、どっと冷や汗が噴き出してくる。

本来あるべき歯が一本もないせいだと気づいた。

「周に近づくな」

イチが椛を睨みつけた。

しかし、まったく効果はなかった。

「おまえを知っているよ。座敷童だろう。しかも、以前見たときよりずいぶん薄れてるじゃないか。ご苦労なことだねぇ」

くく、と喉を鳴らした椛に、息を呑む。

その指摘は誇張でもなんでもなく、イチは一段と輪郭があやふやになっていた。薄々感じながらも、気のせいだと思い込みたかった現実を突きつけられて、ショックを受ける。正直、桐ケ谷どころではなくなった。

こんな自分が多少なりとも助けになると考えたのが、そもそもの過ちだ。

「イ、イチ」

イチの袖を引いた直後、椛の首がぐるんと回転した。実際は椛が踵《きびす》を返したにすぎなかったのに、不自然な動きのせいでそういうふうに見えたらしい。が――。

「ぁ……っ」

一瞬揺れた髪の間に、とんでもないものを目にした周は、危うく発しそうになった悲鳴をなんとか噛み殺す。

見間違いなんかではない。あれは――口だった。てらてらと赤く艶めく、グロテスクな唇が確かに後頭部にあった。

イチの袖を掴んだ手がぶるぶると震える。

「花ノ井、どうかした？」

間近にいる桐ケ谷が少しも恐れていないばかりか、終始笑顔でいるところも恐怖心に拍車をかけた。

「おまえ、二口女《ふたくちおんな》か」

イチの発した一言の意味すら、すぐには理解できなかった。

「ふ、ふた……？」

おそらくひとりであれば腰が抜けていたにちがいない。なんとか正気を保っていられるのは、イチが傍にいてくれるからにほかならなかった。

「ふたくちおんな」が「二口女」と脳内で漢字変換された途端、全身に鳥肌が立つ。なおさら縮こまっているわけにはいかず、気持ちを奮い立たせた。

「ごめ……イチ」

イチを巻き込んでしまったのは自分だ。顕現できなくなると言った家鳴りの言葉が頭をよぎり、半ば無意識のうちに前へと身を乗り出していた。

「周」

イチが横目で窘《たしな》めてきても、下がらなかった。なんとかイチを守りたい、その一心だ。

「おお俺たちを、た、食べる、つもりですか？」

みっともなく声が上擦った。

「……見てしまったのね」

ふたたびこちらを向いた椛が、わなわなと肩を震わせる。かっと両目を見開いたかと思うと、周を指差してきた。

「そうね。あなた、おいしそうだものね」

この返答には少しも驚かない。イチは妖だし、桐ケ谷は一応彼氏だ。となると、ここで椛が狙うとすれば、自分以外にはいない。

「無垢な身体は雑味がないのよねえ」

椛が歯のない口を左右に引く。

「確かに、花ノ井って清潔そうな感じがする」

ショックだったのは、桐ケ谷が平然と同意したことだ。

きっと椛に洗脳されているのだろう。恐怖心より、ひとの人生を台無しにしようとする椛に対して怒りがこみ上げてきた。

「どうしてっ、こんな真似をするんですか。以前の桐ケ谷はつらつとして、みんなの人気者だったのに……っ」

噛みついた周に、椛が即答する。

「どうして？　そんなの考えたこともない。生まれたときから私はこうよ」

それのどこが悪いとでも言わんばかりの返答で納得すると思っているなら、大間違いだ。

「開き直るな」

これまでいったいどれほどの人間を手にかけてきたのか。考えたこともないなんて許せるわけがない。

「開き直るって、しょうがないでしょ？　二口女なんだから」

ふい、と椛はそっぽを向いた。髪が揺れ、後ろの口のすべてがあらわになる。人間の頭部を丸呑みできそうなほど大きく、鮫さながらの鋭い歯がびっしりとあるうえ、分厚く、真っ赤な舌がだらりと垂れた。

「ひ——っ」

醜悪《しゅうあく》な姿に後退る。肩を支えてくれたイチにほっとする間にも、椛が吸うようにすばやく舌を口中へとおさめるのが見えた。

意外な反応だ。しかも、両手を後頭部へやって、しきりに髪の乱れを気にしている。

まさか舌を見られたくなかったとでもいうのか。

「もしかして、恥ずかしがってます？」

自分でも変な質問なのは承知していた。生まれたときからこうだと開き直るような妖が、自らの姿形を恥じるわけがないと。

「な、なに言ってるの。ばかばかしい」

だが、慌てて否定するのは、それが正しいと言っているも同然だ。きっと睨んでくる椛に、周のなかの正義、いや、常識が揺らいだ。

普通に美女だという第一印象は、ひととしての価値観によるものだ。周の普通は、必ずしも椛の普通ではない。

それゆえの「生まれたときから」だ。椛にとっては、人間にとり入って食すことこそが普通だと言いたかったのだろう。

身を削って家主に幸福をもたらすイチ。

柱を揺らし、ひたすら家を鳴らしていたなりくん。

童の姿で一心に枕を返す、まあくん。

人間である周から見れば異質でも、みなにとっては普通のことだ。

「ひと以外は食べないんですか？」

どうやらこの質問は唐突だったらしい。

「ひとなんて……食べないわよ」

両手で髪を押さえたまま、椛がそう答えた。唇を尖らせているところをみると、拗ねているようだ。

「食べないね。椛のご飯は人間と一緒」

桐ケ谷も肯定する。

だとしたらイチがここまで警戒する理由はなんなのか。

「二口女の食欲は凄まじい。どれほどの長者であっても二口女に憑かれてしまうと身代が傾くと言われる」

この言葉で合点がいく。どうやらイチは、椛が桐ケ谷から周に乗り換えることを危惧《きぐ》しているらしい。

イチの言ったように、それはそれでぞっとする。もともと平々凡々な自分の場合、あっという間に破産してしまうだろう。

「吾は争い事向きではないが、もし周に害をなすつもりであれば、全力で阻止するぞ」

突如、背後からイチの両腕が回った。そのまま引き寄せられ、抱き留められる格好になった周は、まさかの展開に息を呑む。

鼓動が跳ね、頬どころか頭の天辺までのぼせたように熱くなり、そんな場合ではないとわかっていながら胸をときめかせた。

「……イチ」

イチの気持ちが嬉しくて、身体じゅうに喜びが満ちていく。

「害なんて……ひどい言い方」

イチの本気が伝わったのか、椛が初めて後退りする。悔しそうに歯茎で唇を噛んだところをみると、ショックを受けているようだった。

「まあ、事実だからなあ」

桐ケ谷が肩をすくめる。驚いたことに、桐ケ谷は椛が妖で、身代が傾く「二口女」であることを理解しているのだ。

「いまは寝る間を惜しんで稼いで、やっとって感じだしな」

肩をすくめた桐ケ谷に、どうなっているのかと問おうとしたが、しくしくと椛が泣き始めたせいでそれどころではなくなった。

「だから、私は出ていくって言ってるのに」

もしかしたら勘違いしていたのかもしれない。イチもそう思ったのだろう、胸に回った腕から次第に力が抜けていくのがわかった。

「それはもうさんざん話し合っただろ？」

「でも……私は嫌われものの二口女で」

桐ケ谷が椛の手をとる。

「大丈夫。俺は椛を好きだよ？　投資もうまくいっているし、駐車場の経営が軌道にのればなんとかなる。いまは頑張りどきだ。家事とか雑用を椛に任せっきりなのは申し訳ないけど」

「そんなの、ぜんぜん」

椛がかぶりを振った。

周囲の話とは異なるふたりの、見つめ合う姿に驚く。と同時に、純粋に桐ケ谷が格好よく見えた。

周の知る桐ケ谷はさわやかで、みなの人気者だったけれど、いまのほうがもっと魅力的だ。外野がなんと言おうと、当人たちが幸せなら口出しすべきではない。

「馬に蹴られないうちに帰ろう」

邪魔をしないよう静かに玄関を出る。もっとも桐ケ谷はふたりの世界に浸っているため、自分たちのことなど意識の外だろうが。

「なんだか、当てられちゃったな」

桐ケ谷と椛は、似合いのカップルに見えた。人間とか妖とか関係なく、ふたりの愛情は本物だった。

羨ましいな。

思わずそんな一言が口からこぼれてしまい、慌てて隣のイチを見る。

幸いにも聞こえていなかったようだが、イチはどこか上の空で、マンションを出たあとも様子がおかしかった。

「イチ、なにか考えてる?」

「……いや、なにも考えてはおらん」

とても言葉どおりには見えない。桐ケ谷と椛を祝福したいし、うまくいってほしいと願っているのは周ひとりで、イチはちがうのだろうか。

「気になることがあるなら、言ってください」

足を止め、イチに向き直った。

桐ケ谷と椛に感化されたわけではない。とはいえ、自分たちの間にも信頼はあるはずだ。

「あのふたりは、あれでよいのだろうか」

イチの口から出たのは、ある意味予想どおりの言葉だった。

「……一時的にはなんとかなったとしても、ひとと妖でうまくいくとは思えん」

「それは――」

確かにイチの言うとおりだ。人間と妖。なにもかもがちがいすぎる。本来なら接点はないし、持つべきではないのだろう。

正論だからこそ、こたえる。いまの周は、どうしたって自分に置き換えてしまうのだから。

「でも、決めるのは当人たちです」

「だとしても、だ。一時の感情に任せてよいものか。その後長く悔やむはめにもなりかねんというのに」

イチの顔は憂慮のため暗く沈んでいる。反対ではなく、桐ケ谷たちを心配しているようだ。もっともだと思う一方で、イチが先々のことまで考えているのだとわかり、周は肩の力を抜いた。

「他人のことより、こっちはこっちで大きな問題かかえてますからね。任せろと言ったからには、策はあるんですよね」

ふたたび駅に向かって歩き始めると、イチ自身の件について水を向ける。熱くなったことを恥じ入っているのか、イチはひとつ咳払いをしたあと、そうだなと答えた。

「そうだなって、もしかしてなんの策もないのに任せろって言いました？」

いまにも淡路島に乗り込まんばかりだった周を止めるための方便だったのか。

「あ、いや——ところで、みなには桐ケ谷のことをなんと報告するつもりだ？」

あからさまに話をそらされ、やっぱり、と心中でため息をこぼした。

山中を三日三晩歩き回るというのが現実的でないとなると、芝右衛門を当てにする以外の方法を模索する必要がある。もっともその方法があれば、の話だが。

いや、自分が弱気になってどうする。ここは必ずあると信じるべきだ。

「なにも。桐ケ谷本人が決めたことですし」

そう返す間も、イチについて頭を巡らせる。

椛が言ったように、いまのイチは薄く、心許《こころもと》ない。自分がこうして元気にしている事実を考えれば、この程度ですんでいるのが不思議になるくらいだった。

これ以上幸運に恵まれてしまったらどうなるか。考えると背筋が冷たくなり、すぐさま厭な想像を振り払った。

「……一刻も早くなんとかしないと」

どうしてもあきらめるわけにはいかない。イチが守ってくれるように、周も守りたいと思っているのだから。

でもどうやって。

いくら考えたところで堂々巡りになる。

桐ケ谷が羨ましい。と思ったことは内緒にして、家路に就いた。悶々《もんもん》としていたせいでいつしか周は口数が減っていき、イチも無言だったため、行きとは打って変わって静かな帰路になった。

4

桐ケ谷の家を訪ねて、三日後のことだ。

「あれ？　イチは？」

枕返しと一緒に敷地内の清掃をすませて部屋に戻った周は、イチの姿が見えないことを怪訝に思い、家鳴りに問う。

最近お気に入りのドラマを観ていた家鳴りは、ちょうど佳境にさしかかったらしく、

「そういえば見かけんなあ」

上の空で返答した。

「散歩にでも行ったんじゃろ」

枕返しにしてもさほど気にならないようで、ちゃぶ台につくと土産の饅頭《まんじゅう》を食べ始める。

「ひとりで？」

散歩に行くなら誘ってくるはずだ。それ以前に、清掃に顔を出さなかったことも気になる。

「イチにもいろいろあるだろうからのう。ぷらいばしいというヤツよ」

ドラマで憶えたての単語を家鳴りが口にすると、真似して枕返しが「ぷらいばしい」と連呼

し始める。ふたりののんきな様子に、そのとおりだと苦笑いした周は、とりあえずお昼まで待ってみようと、洗濯や拭き掃除にとりかかった。

しかし、お昼を過ぎてもイチは現れなかった。

「やっぱり変です。いままでこんなことなかったのに」

イチの身になにかあったのでは……。まさか、早くも認識できなくなったとか?

「イチ……イチ!」

見えないだけで近くにいるかもしれないと、周囲に向かって名前を呼ぶ。

周の不安を察したのだろう。これまでのんきにしていた枕返しが傍に寄り、励ますかのように手を握ってきた。

「もしもイチが顕現できなくなっているのなら、もう周には声も聞こえんじゃろう」

「……そんなっ」

背筋が冷たくなる。

確かに以前家鳴りがそう言っていたし、それをどうにかしたくて芝右衛門を再度訪ねるつもりでいた矢先だったのに――。

これほど早くそのときが来るとは予想だにしていなかった。

「まあ、いままでの状況のほうが特殊だったからのう」

家鳴りがため息をつく。

「周もわかっておろう。普通の人間に物の怪は見えんのじゃ。まあ、過去にもごく稀に認識する者がおらんかったわけじゃない。じゃが、それはずいぶん昔のことで、共同生活ができるほどとなると」

枕返しの手に、ぎゅっと力が入った。

「周は異端じゃと言うておる」

異端だというなら異端でもいい。ただ、こんな結末は望んでいなかった。

途方に暮れて唇を噛んだとき、

「おや」

ふいに家鳴りが隣室のタンスを示した。

タンスの上には祖父が置いたこけしが二体と、お手玉。その横に折り畳んだ白い便せんがある。すぐさまそれを手にとった周は、そこに書かれた文字を見た途端、は？　と声を上げていた。

「なんだよ、これ」

『しばらく考えたい。捜さないでほしい』

書かれていたのはたったそれだけだ。行き先はもちろん、理由も期間もそこにはない。

「なるほど、イチは意図的に周を避けているわけか」

家鳴りに明言されたせいで、よけいにショックは大きかった。

イチが俺を避けている？　意図的に？

「どうして、そんな……」

そういえば、桐ケ谷に会いにいった帰り、少し様子がおかしかった。いまにして思えば、桐ケ谷と椛の件ではお節介というより、イチにしてみれば妖を軽視されたような気持ちになったのかもしれない。

が、その後はいつもどおりで、イチに変わったところは見られなかった。

昨夜もみんなで布団に入ったし、今朝もごく普通だった。

「なにがあったか知らんが、ああ見えて座敷童は存外心が繊細にできておる。まあ、そのうちひょっこり姿を現すじゃろうて」

家鳴りの言葉もなんの慰めにもならない。

避けられるほどのなにかに心当たりがないことが、一番の問題だった。

がくりと肩を落とした周は、その場で座り込む。置き手紙を手にしたまま、誰もいない床の間に向かって話しかけた。

「俺、なにか無神経なことしたんですよね。ぜんぜんわからなくて、本当に駄目だって思うんですけど――でも、気に障ることがあったんなら、避けないで言ってほしかったです」

もしかしたら一度や二度ではなく、普段からやらかしていたのだろうか。積もり積もって、とうとう堪忍袋の尾が切れた、と考えるのがしっくりくる。

「謝りたいので、顔を見せてください」

室内は、しんと静まったままだ。どこかで聞いてくれているかもという期待は無残にも砕け散った。

「まさか」

家出？　別の家に行って、すでに新たな家主を見つけてしまっているのか。

「……どうしよう」

そんなの厭だ。

幸運もいらないし、幸せにしてもらわなくてもいい。ささやかでいいから、ただイチと一緒に――イチと枕返しと家鳴りと四人で暮らしたいのだ。

「周」

ぎゅっと、枕返しが抱きついてきた。

「周のせいではない。イチは、しばらく頭を冷やしたいだけじゃ」

「頭を冷やす？」

「そうじゃ。頭が冷えたらきっと戻ってくる。絶対じゃ」

いまの話が本当なら、少なくとも他に居を移したわけではなさそうだ。だとすれば、「しばらく考えたい」という文面を信じて待つしかないのだろう。

「ありがとう」

枕返しの頭に手をやり、撫でる。

ふふと笑う顔は愛らしく、周も頬の強張りを解いた。一日も早く姿を見せて安心させてほしいと願いながら。

しかし、イチは二日たっても三日たっても雲隠れしたまま現れなかった。イチを見かけたかと家鳴りに聞いても、枕返しに聞いても首を横に振るばかりで、時間だけがいたずらに過ぎていった。

頭を冷やすのにそんなに時間がかかるものだろうか。だとしても、いなくなる前に一言くらいなにかあってもよかったのではないか。置き手紙ひとつで消えれば心配をかけると、少しも思わなかったのだろうか。

「——気持ちに、色がついていたらよかったのに」

とうとう七日目の朝を迎えるはめになり、落ち込まずにはいられなかった。

もし感情に色があったなら、いま機嫌がいいのか悪いのか、悩んでいるのかそうでないのか、すぐに察することができると、ばかなことまで思ってしまうほどに。

「ん、んんんっ」

咳払いが耳に届き、はっとして振り返ったところ、家鳴りと目が合った。

「いまの、聞いてました？」

「某はなにも聞いておらんぞ。まあただ、恋はひとを詩人にするのう、と」

しみじみとした一言に、かっと頬が熱くなる。

「聞こえてたんじゃないですか」

「いやいや。聞こえとらん。周が詠んだ恋歌など」

「詠んでません！」

口ではなにも言ってこない枕返しにしても、口許を手で押さえているところをみると聞いてしまったのだろう。

「あと、恋歌じゃないです！　俺は、むしろいいかげん苛立っているくらいで」

そう、最初こそなにかやってしまったかと反省もしたが、次第に焦れてきた。待つにしても限度があるし、行き先くらい言っていけと、いまはイチへ恨み言のひとつもぶつけたくなっている。

突然いなくなれば心配するに決まっているのに。

「繊細妖怪め」

長く生きてきた妖のくせに、なにをぐだぐだやっているのだ。悩み事なり文句なりあるならあるで、さっさと出てきて直接言ってくれればいいではないか。

「なりくん、まあくん」

皿洗いをすませたあと、旅支度をしてからふたりに向かって周は宣言する。

「俺、もう一度、芝右衛門さんのところへ行こうと思います」

日課になっている朝のドラマを観ていたふたりは、呆れた様子で一瞥してきた。

「無謀であるな」

と家鳴りが嗤《わら》えば、

「駄目じゃ」

枕返しが反対する。

この反応は想定内だったので、めげずに言葉を重ねていった。

「重々承知してます。前回は生霊だったたから、辿りつけたんですよね」

わざと大きな声で話すのは、どこかに隠れているかもしれないイチに聞かせるのが目的だ。

俺はひとりでも行く。止めても無駄だ。それが駄目だと言うなら、一緒に来ればいい。と、半ば自棄にもなっていた。

「反対されても行くしかないです。イチのことを教えてもらわなきゃならないのに、本人はいなくなったんですから」

この程度の当てこすりは許されるだろう。言い訳したいなら、いますぐ姿を見せればいいだけだ。

「なら、儂も行く！　周ひとりを行かせられん」

枕返しの厚意は嬉しいが、迷わず辞退した。

「ありがとう。でも、ひとりで行きます。ひとりじゃないと、意味がないので」

イチが現れるためには、ひとりのほうがいい。なにより枕返しが一緒だと、どうしても甘えが出るだろう。

旅行に行くのとはちがう。イチのため、いや、自分のために乗り越えなければならない試練だ。

「じゃあ、いってきます」

リュックを背負い、ふたりに声をかける。心配そうなまなざしには気づいていたが、簡単にあきらめるものかと勢いよく玄関のドアを開けた。

外に出てすぐ駅を目指す。途中何度か振り返ったものの、やはりイチの姿はどこにもなかった。

新幹線と電車、タクシーを乗り継ぎ、目的の場所──家鳴りからあらかじめ聞いていた芝右衛門のいるという霊山へ入る。

名のある神社の裏手にある古道というので他にも登山客がいることもあって、油断していたのかもしれない。

山道が険しくなったと感じ始めた頃、周囲にいた登山客はいったいどこへ行ったのか、気づけばひとりになっていた。

乾いた空気、冬の匂い。時折吹く、昼間でも冷たい風。枯れ葉が積もり、足下が悪い。剝《む》き出《だ》しになった灰色の幹は空へ向かって複雑に伸びていて、絡み合った茨の篭《かご》を連想させる。

遭難という言葉が頭に浮かんだ周は、ダウンを着ているにもかかわらず全身に鳥肌が立ち、ぶるりと震えた。

弱気になってどうする。

頬を叩いて自身を鼓舞するが、道なき道を歩くのは思っていた以上に骨が折れる。容赦なく体力を奪われていく。

同じ場所をぐるぐるしているような気がして、途中予備の靴ひもを枝に結びつけて目印にしてみたが、一度も目につかなかったところをみると少なくとも「どちらか」へは進んでいるのだろう。

とはいえ、少しも喜べない。ようは、誰もいない山をひとりいたずらに歩き回っているだけなのだから。

「イチもいないし、俺はただの人間だし」

心が折れそうになりつつも足は止めなかった。一度でも立ち止まれば、二度と歩きだせそうになかったのだ。

持参したコンビニのパンを頬張り、水を飲む間も歩き続ける。

が、それも長くは続かない。あたりが暗くなると、不安に加えて恐怖心が頭をもたげてくる。陽が沈んだあとの山の夜は想像を超えて暗く、懐中電灯の灯りではあまりに心許ない。この世にたったひとり放り出されたような錯覚にすら陥る。

葉の擦れる音がやけに大きく耳につき、なんらかの動物の遠吠えまで聞こえだすと、ネガティブな思考でいっぱいになっていった。

「……ばかなこと、してるよな」

人間の身で三日三晩歩き続けるなんて不可能だ。それに、万が一そこをクリアできたといっても、普通の人間が芝右衛門に会えるかどうかとなれば、また別の話だろう。

最悪なのは、芝右衛門に会えず、山中で迷子になることだ。

このまま遭難したら……。

息を呑んだ周は、周囲を見回した。

暗い森のなかでは、懐中電灯の細く頼りない灯りで目視できるのは、ほんのわずかだ。

──無謀であるな。

──駄目じゃ。

家鳴りと枕返しは正しい。自分でも重々わかっていながらここまで来てしまった。

それもこれも──。

「イチのせいだ」

イチが消えたせいで、こんなところにひとりで来るはめになった。もし迷子になって山中で息絶えるような事態になったときは、必ず化けて枕元に立ってやる。

柱を揺らしている家鳴りと、布団に横になっているイチ、その枕をひっくり返している枕返し、そして、「うらめしや～」と両手をぶらぶらさせてイチに迫る自分の姿が頭のなかに浮かんできて、あまりの滑稽さに失笑した。

「よし」

まだ笑えるだけの余力がある。とにかく前に進もう。

じわりと掻いた額の汗を手の甲で拭い、ふたたび足を前に踏み出した。

直後だ。いきなり身体が傾ぎ、体勢を崩す。闇に吸い込まれる感覚に恐怖したのと、ぐいと強い力で後ろへ引っ張られたのはほぼ同時だった。

その場に尻もちをついた格好で、は、は、と短い呼吸をくり返す。地面に落ちた懐中電灯が照らす先は、真っ暗でなにも見えない。

反射的に蹴った小石が音もなく落ちていった。

「え……嘘、だろ」

いや、そうではない。崖だ。木々が途切れ、真っ逆さまに思えるほど急こう配の山の斜面が灯りのなかに浮かび上がる。下はまったく見えず、もしあのまま落ちていたなら果たしてどうなっていたか。

途端に心臓が激しく脈打ち始め、どっと冷や汗が噴き出した。

「……やばい。夜歩くのは危険だ」

こんなの洒落にならない。無理だというのは体力的なことだけではなく、こういう意味でもあるのかといまさらながらに自身の浅慮を痛感した。

いまは動かず、朝になって行動すべきだ。周は崖から離れ、比較的平らな場所を選んで寝袋を取り出すと、中へもぐり込んだ。

かさかさと風に舞う枯れ葉の音を耳にしながら、空を仰ぐ。

星は見えず、目に映るのはぼんやりと浮かんでいる月だけだ。しばらく眺めていると、その月も雲の陰に隠れてしまう。

しかも、なかなか顔を出さない。

「まるで、イチみたい」

こんな状況にもかかわらず、のんきにもそんなことを口にする。

傷つきやすい妖なんて聞いたことがない。座敷童――他人を幸せにして自身を二の次にする、なんておかしな妖だろう。

「もしかして」

勢いよく起き上がった周は目を凝らし、周囲を見渡した。そこには夜の山が広がるばかりだが、なぜか確信があった。

イチはいまも近くにいる。さっき崖から落ちそうになったとき、強い力で後ろに引っ張られたのがその証拠だった。きっとイチが助けてくれたのだ。

姿が見えないのは故意か、それともすでにもう姿を現せるほどの余力がないせいなのか。後者を考えると怖くなるので、そちらの可能性については頭から追い出した。

「イチ。いる？」

どこへともなく声をかけてみる。

案の定返事はなく、気配すら感じない。それでも、絶対イチはいると信じて、また横になるとイチに向かって話しかける。

「俺が悪いことしたんなら謝りたいのに、いまのままじゃそれもできません」

もはやそれもどうでもよかった。またイチに会いたい。周が望んでいるのはそれだけなのだから。

「朝になったら、どうせあきらめて引き返すと思ってます？　とりあえず三日分の食料を持ってきたので、三日は頑張ってみるつもりですよ。俺をやめさせたいなら、姿を見せてください」

やはり返事はない。どうしても現れないつもりらしい。

こうなれば根競《こんくら》べだ。

「家主を幸せにする妖なのに、案外根暗なんですね」

聞いているなら、言い訳のひとつもしてほしい。それゆえの悪態になんの反応もしてくれないイチに、いまは切なさがこみ上げる。

家主に幸運が訪れるごとに姿が薄れていくというイチの特質にしても、これまで当人がなんの疑問も持たなかった、それ自体になんだかやるせなくなる。

「とりあえず、いまは寝よう」

体力回復のために睡眠は重要だ。こんなところで眠れるだろうかと危惧したのは一瞬で、疲れ切っていたせいでいくらもせずに睡魔はやってきた。

おかげで翌朝は、多少筋肉痛になっていたくらいで、歩くのには問題なかった。

シリアルバーと水で朝食をすませたあと、今日もひたすら前に進む予定だった周だが、その前にひとつ、確認したいことがあった。

昨夜寝袋を用意したときに見つけた比較的浅い窪みのあるほうへ向かう。もちろんなにも気づいていないふりで、だ。

「今日も頑張ろう」

あえて声に出してそう言い、きょろきょろと無防備に周囲へ視線をやりながら歩き回った周は、

「わ！」

窪みの前で、木の根っこに足をとられたふりをした。

今回は、はっきりと腕を掴まれたのを実感する。尻もちどころか、よろけることなく体勢を保つことができたのだから。

姿の見えないイチの存在を今日は明瞭に感じて、思わず緩みそうになった頬に両手を添え、

我ながらわざとらしい演技を続ける。

「怪我しなくてよかった～」

イチが傍にいるのなら、これほど心強いことはない。ひとりではなく、ふたりなのだ。帰路についての心配もせずにすむので、とにかく鳥居を目指して進むことだけに集中できる。

あとは、気まぐれでもなんでもいいから芝右衛門がテリトリーに招いてくれればと、その一心でひたすら凸凹した地面を踏みしめた。

躓《つまず》いたりよろけたりするたびにイチの存在が実感できるので、いささか注意力散漫になってしまったきらいはあったものの、二日目も無事乗り切る。無論、不眠不休ではないため条件をクリアしたことにはならないが、三日間を山で過ごすことが周のなかでは重要になっていた。

迎えた三日目。

「……あ」

歩き始めてまもなく、ぽつりと鼻先に雫が落ちてきて、反射的に顔を上へ向ける。起きたときには青空が見えていたのに、見る間に湿気を含んだ灰色の雲が張り出してきたかと思うと、ぽつぽつと雨が落ち始めた。

「やばいな」

ただでさえ気温が低いので、濡れると風邪をひいてしまう。急いで雨宿りができそうな場所を探すが、右も左も灰色の樹木ばかりで、それらしきところは見つからない。

途方に暮れたそのとき、なにかが光ったような気がして、招かれるようにそちらへ足を向けた。

雨のなかを二、三百メートルほど走ったあたりでぽっかりと開いた洞窟を見つけ、迷わずそこへ飛び込む。

「よかった」

タイミングよく光に導かれる確率がどれほどなのか、考えるまでもなかった。もはや偶然の域を超えているのは明白で、直接イチが手を貸してくれているのは間違いなかった。

リュックからとり出したタオルで雨に濡れた髪や肩を拭いているうちにも本降りになり、煙のように立ち上り始めた靄でぼやけた景色を目にしながら、石の上に腰かける。

「……ありがとう」

ずぶ濡れにならずにすんだのは、イチのおかげだ。半面、こうなってもまだ姿を見せてくれないことに関しては、納得していない。イチにはイチの事情も気持ちもあるのだろうが、だからこそ、なにか一言でもいいから声をかけてほしかったと思う。

「言ってくれないと、伝わらないんだよ」

繰り言めいた一言は、雨音に掻き消される。どうせ誰も、イチも答えてはくれないのだからと、さらにひとりごちる。

「今日はもうやみそうにないな」

雨の勢いは強くなっていく一方で、はあ、とため息をついた。

やることがなくなってしまったせいで、筋肉痛と寒さに意識が向かう。両手で肩を抱いた周は、もし芝右衛門に会えたときはなにから聞こうと頭のなかで算段を立てた。

本題は、当然イチについてだ。どうにか力を保つ方法があれば教えてほしい、とまずは問う。

そして、新たにもうひとつ、聞きたいことが増えた。

妖と人間が寄り添って生きていくにはどうすればいいのか。過去に、そういう例はあったのか。

桐ケ谷と椛を思い出す。確かに普通からは外れているかもしれないが、うまくいってほしいと心から願っている。当人同士が想い合っているのなら、幸せになってもいいはずだ。

「……俺は」

同性が好きだと気づいたとき、ひどく落ち込んだ。思春期にその事実はあまりに大きく、受け入れるまでに二、三年かかった。

だが、生きづらさはやはりあって、意識不明の間生霊になるほどだったのか、といまになって気づく。

もっともそのおかげでイチの存在を明瞭に認識できたのだとすれば、自分にとってあの日々は間違いなく必要不可欠だったのだ。

まさか妖に恋心を抱くなんて、思いもしていなかったが。

恋人が欲しいという望みは同じでも、相手は誰でもいいわけではない。初めての彼氏はイチがいい、なんならずっとイチひとりであってほしい、本気でそう思っている。

ああ、だから恋愛の幸運がないのか。

イチの傍で小さなことからそれなりに大きなことまで幸運に恵まれたのに、恋愛に関してだけ進展がないのは当然と言える。

きっと周自身がそれを拒んでいたのだ。

ぶるっと震えた周は身を縮め、腕を手で擦った。

「寒……」

それほど濡れていないにもかかわらず、芯から身体が冷えてくる。このままの状態が続けば、風邪をひくどころか、命にも関わりそうだ。

イチは傍にいるはずなのに——どこかへ行ってしまったのか。もしかして傍にいると思ったのは妄想で、自分は山中にたったひとりでいるのか。

「イチ、なんで出てこないんだよ。もう、出てきてよ……悲しくなるじゃんか」

急激に不安に駆られ、イチに訴える。どうやら効果があったらしく、背後に気配を感じた周は、ほっと息をついた。

「待ちくたびれました」

だが、やっと出てくる気になってくれたかと安堵したのもつかの間、

「いまだ未熟な吾ではあたためることもできん」

久しぶりに聞いたのは、イチらしくない自虐的な言葉だった。

「べつに、寒いから出てきてほしかったわけじゃないです」

そればかりか、肩越しに目が合うと、ばつが悪そうに視線をそらしたのだ。

「俺は、イチに会いたかっただけです」

一緒にいたいと、気持ちを込めてイチに伝える。

なおもイチは渋い表情を崩さず、こちらを見ようともしない。

「まさか周がひとりでここへ来るとは——思いもしなかった」

振り返った周は、いっそう輪郭が薄れてしまったイチを前に、一度唇を噛んだ。

「来るしかないでしょう。急にいなくなるなんて、心配するに決まってます」

責めるつもりはなかったが、どうしてだよと口調に出る。どうやらイチにその自覚はあるのか、ますます苦い表情になった。

「いまの吾はあまりに脆弱《ぜいじゃく》で、無力だ」

「そんなことない」

かぶりを振る。イチにはずっと守られてきた。昨夜など命を救われたのだ。

「それゆえ、周を守るにはどうすればよいか、教えを乞うために芝右衛門殿を訪ねたのだ」

「俺、守ってほしいから一緒にいたいわけじゃないです」

「そうだな」

イチの口許に自嘲が浮かんだ。

「周はそう言うだろうとわかっていた」

「だったら」

「結局のところ吾がひとりでここに来たのは、身勝手な欲からだ。幸福そうな二口女を見て、吾は羨んだのだ。黙って家を出たのは、そんな己を恥じたからにほかならない。妖の身で、ひとの行く末を望むなどとおかしいのはわかっておる。だが、万が一にもなにか方法があるなら、吾はずっと周とともにいて、見守りたいと――」

様子がおかしかったのはそのせいだったのか。

イチの表情は硬いままだが、周自身は目の前の霧が一気に晴れていくようだった。

周がそうであるように、イチはイチで、ちゃんと自分たちのことを考えていたのだ。

「イチ」

とても冷静ではいられず、イチに抱きつく。

「あ、周」

これほど嬉しいことがあるだろうか。ひとりよがりな望みではなかったのだ。

「俺もです」

感情の昂《たかぶ》るまま告白する。

「俺も、桐ケ谷が羨ましかったんです。イチのためとか言って、本当は俺のためです。桐ケ谷と椛さんみたいに俺もイチとずっと一緒にいたいって思っていたから」

傍にいて、日々薄れていくイチをただ見ているだけなんて厭だ。かといって自分から離れてしまうことを想像しただけでつらい。

どちらも避けたいという、じつに身勝手な欲なのだ。

「まことか、周」

信じられないと言いたげに、イチが目を見開く。

相手の気持ちに鈍感だったのは、どうやらお互い様だったらしい。

「はい。俺が今回芝右衛門さんを訪ねてきたのも、どうしたら俺とイチが一緒にいられるかを教えてもらいたかったからです」

「そうであったか」

ようやくイチが正面から見てくれた。

「吾は、周をまったく理解していなかったようだ。手前勝手に暴走して——恥ずかしい限りだ」

それもお互い様だろう。

「案外、俺たち似た者同士かもしれませんね」

照れくささ半分、嬉しさ半分でイチに笑いかける。急に鼓動が跳ね上がり、どくどくと速いリズムを刻み始めたのを自覚しながら。

「周」

「……イチ」

いつの間にか繋いでいた両手が熱い。さっきまであれほど寒かったはずなのに、胸が——いや、身体じゅうがぽかぽかとしてきた。

欲求に任せて距離を縮める。その後はどちらともなく顔を寄せ、唇と唇を触れ合わせていた。

初キスだ。

これまでレモンかハチミツかと初キスの味を想像してきたが、どちらとも表現しがたい。好きなひととのキスは、ぎゅうっと胸が締めつけられて、なんとも言えず甘く、切なく、泣きた

くなるような味がした。

「あ、俺、三日も山にいて風呂に入ってないから臭いかも」

「臭くなんてあるものか。周はいつも、ほんのりとよい匂いがする」

くんとイチが鼻を鳴らす。

「もう、やめてください」

くすぐったくて首をすくめた、そのときだった。

「なんや。儂に相談するまでもなく、あんじょうやっとるやないか」

「わっ」

唐突に無粋な声が割り込んできて、文字通り飛び上がってイチと離れる。

声のしたほうへ目をやると、そこには饅頭を手にした芝右衛門が洞窟の岩壁に凭《もた》れて立ち、無遠慮にむしゃむしゃと音を立てて咀嚼《そしゃく》しているところだった。

「儂の山で不埒《ふらち》な真似をしてくれとるなあ。そもそも座敷童は、こんなところで乳繰り合う暇はないはずやが？　修行はどうなったんや？　まさか勝手に中断したんやないやろな」

にやにやと頬を緩める芝右衛門に、羞恥心を覚えたのは一瞬。修行という一言を聞き流すわけにはいかなかった。

「修行って、なんですか？」

「芝右衛門殿に鍛えてもらっておった」

答えたのはイチだ。

「体術や剣術。あとは足腰の鍛錬のために、日々山を下りたり登ったり、十往復ほど」

「十、往復」

山中を歩くだけで大変なのに、まさかそれほど厳しい修行をしていたとは。

あらためて見ると、イチは満身創痍《まんしんそうい》だ。妖の身でこれほどのダメージを負うくらいなので、過酷であるのは想像に難くない。

「でも、どうして」

「いまのままの吾では、周を守れん。吾は、戦闘向きではないゆえ」

まさかの言葉に驚く。これほど熱い告白があるだろうか。

「イチ」

抱きつこうとした周だが、無粋にも芝右衛門が横やりを入れてくる。

「で？　今日の分は当然終わったんやろうな」

「まだ残っておるが、これから戻るつもりだ」

イチの返答に、話にならないとでも言いたげに芝右衛門は首を横に振った。

「また初めから鍛え直されたいらしい」

芝右衛門の言葉に一度唇を引き結んだ周は、本題に入る。イチと同じ気持ちだとわかった以上、知りたいことはひとつだった。

「芝右衛門さん、俺たちがずっと一緒にいられる方法を伝授してください」

必要ならイチと一緒に修行してもいい。

深々と頭を下げた周に面食らった様子を見せたイチだが、すぐさま同じように腰を折る。そんな方法はない、と撥《は》ねつけられたらと思うと不安で喉がからからに渇いた。

「ずっと一緒にやと？　なんとも都合のよい話やな」

芝右衛門が鼻で笑う。

せっかく想いが通じ合ったのに、なにも策がないというのか。一緒にいたい、それだけのことが笑われるほど愚にもつかない話だと。

「忘れているようやが、ひとと妖は住む世界がちがう。多様な要因が重なって、たまさか交流を持っとるからといって、ずっと一緒に？　あまりに望みすぎやな」

「……っ」

呆気なく撥ねつけられて、急に足元が不安定になったような錯覚に囚われた。よろけたような気がして、なんとか両足に力を入れて踏ん張ったけれど、消沈したのは事実だ。完全に心が折れずにすんでいるのは、繋いだ手の力強さがあるからにほかならない。

「い……けませんか？　俺が、人間が妖を好きになるのがそんなに変ですか？　けど、好きになったものはしょうがないです。俺はイチと一緒にいたいし、幸せになりたいんです」

それのなにが駄目なのか。誰しも幸せになりたいと思っているはずで、自分も同じだ。特別なことを望んでいるわけではない。

きっと芝右衛門を睨《ね》めつける。

耳に指を突っ込み、安穏とした態度を貫いていた芝右衛門だが——次の瞬間くわっと目を剝き、全身の毛を逆立てた。両肩が盛り上がったかと思えば、腹がふくらみ、見る間に巨大な狸へと変化した芝右衛門のその顔貌《がんぼう》は、いまや般若の面のごとしだ。

洞窟は、いつの間にか芝右衛門に合わせてドームのごとく広がっている。

「人間風情が、誰に向かって口きいとんじゃ。儂は芝右衛門狸ぞ」

わんわんと洞窟に反響する芝右衛門の尖った声に、咄嗟に両耳を塞《ふさ》いだ。が、あきらかな怒りをもって迫ってくる、ビル三階ほどはあろうかという妖怪を前にして、あまりの恐ろしさに数歩後退りした周は、そこで尻もちをついてしまっていた。

「す……」

謝ろうとして、すんでのところで思い留まる。確かに人間風情だが、間違ったことは言っていない。どうして謝る必要があるだろう。

いまにも踏み潰されそうな恐怖心と闘いつつ、芝右衛門を見上げる。目をそらさないことがせめてもの抵抗だった。

「やめよ！」

イチが割って入る。

圧倒する芝右衛門に怯まず、周の前で仁王立ちになった。

「周を傷つけるなら、いかに芝右衛門殿であろうと吾が黙っておらん」

毅然とした態度で歯向かうイチの背中はなんと頼もしいことか。胸を震わせ、見惚れている間にも、芝右衛門の身体はさらに大きくなっていく。

「修行もまともにこなしておらん座敷童に、なにができると？」

芝右衛門が呵々大笑《かかたいしょう》した。

「おまえみたいにのほほんとした、弱い妖、一瞬で捻り潰してやるわ」

手で塞いでいてなお鼓膜に突き刺さるような怒声にも、イチは果敢に立ち向かう。

「それでもだ。芝右衛門殿の言うとおり吾は弱い妖であるが、周を傷つけられるというときにどうして見過ごせられようか。この身に代えても、周には指一本触れさせん！」

「……イチ」

いや、うっとりとしている場合ではない。

勢いよくかぶりを振った周は、立ち上がってイチの隣に並んだ。

「俺も、人間風情ですが、イチと一緒に戦います」

震える足を踏ん張り、芝右衛門に対峙する。

「周、危ない！」

イチに制されても、自分ひとり安全な場所に隠れているつもりはなかった。

「ふたりともええ覚悟や」

グオオオオ。

獣の唸り声とともに芝右衛門が自家用車ほどありそうな手を頭上まで上げ、そのままイチと周めがけて振り下ろした。

びゅうと風が起こる。

咄嗟にイチが庇ってくれなかったら、吹き飛ばされ、壁に叩きつけられていたにちがいない。

イチのおかげで膝をついただけでそうならずにすんだ周は、息を止め、目の前の攻防に息を呑む。芝右衛門の一撃を両手で受け止めたイチは必死で持ちこたえているが、押し潰されるのは時間の問題だろう。

「イチ！」

立ち上がろうとした周に、

「寄るなっ」

苦しげに顔を歪ませたイチが叫ぶ。

「厭です！」

微力どころか、なんの役にも立たないと承知でイチの隣に並び、イチの両手に自分の両手を重ねた。

「……周」

目を見開いたイチが、次には深く頷く。

「そうだな。周がついていてくれれば、百人力だ」

イチの言葉に励まされ、いま一度芝右衛門を睨みつける。

物理的な力の差は明白であっても、心情的にはこっちが上だと信じていた。

イチの腕にいっそうの力がこもる。が、じりじりと押され、いまにも大きな手のひらに潰されてしまいそうだった。

「……周を傷つけることは許さん。絶対に、だ」

うおおとイチが吼《ほ》える。直後、芝右衛門の手を押し返し、振り払った。

その反動でイチとともに背後に飛ばされたが、ここでも守られ、痛みひとつ感じなかった。

「イチ」

クッションになってくれたイチを見つめる。

「ありがとうございます」

胸がいっぱいで、泣きそうになりながら礼を言うと、

「吾のほうこそだ」

イチが目を細めた。

「吾に、守らせてくれてありがとう」

この言葉が本心だと、情のこもったイチのまなざしから伝わってくる。衝動に任せ、今度こそイチに抱きついた。

もはや芝右衛門は怖くない。ふたりでなら切り抜けられる、心からそう思えた。

あらためて芝右衛門に自分の意志をぶつけるために、身を起こす。

「え」

だが、そこにいたのは巨大な狸ではなく、地面に落ちた饅頭を拾い、ふうふうと息を吹きかけている美少年だった。

イチが長い吐息を漏らした。

「ひとが悪い」

イチの苦情に、芝右衛門は腹を揺らして笑う。

「これも、修行ですか?」

この問いには、一拍の間のあと、両方だと返ってきた。

「自分らが本気かどうかちょっと試してみるつもりやったんやが——まさか、押し返されるとはなあ。やるやないか。まあ、儂の修行のおかげやけどな」

美少年に戻ったとはいえ、いまの出来事があるため、すぐには信用できず警戒し続ける。

「両者ともそれだけの覚悟があるんやったら、無下にするのも心が痛む。ともに生きる方法やったか?」

だが、この一言には思わず身を乗り出していた。

「方法が、あるんですね!」

覚えず前のめりになる。たったいま味わった怖い思いも、もはやどうでもよかった。

「さすがです。なんでも知っているというのは、本当だったんですね。博識という噂は伊達じゃないです」

一刻も早く聞き出したくて、精一杯よいしょする。

「みなに頼りにされるわけですね。これほどの人格者はそうそういません」

「芝右衛門殿は、人格者というわけでは——」

訂正してきたイチを肘で突いて制し、とにかく耳障りのいい言葉を並べていると、それが功を奏したのか、満更でもなさそうに芝右衛門が胸をそらした。

「なかなか正直な若者のようやし、特別に教えてやるわ」

その後上機嫌で右手を上げると、イチを指差す。

「名の通り初心《うぶ》な坊やの座敷童には少々難題やろうが、早い話が答えはひとつ。『与えよ、さらば与えられん』」

芝右衛門の言葉がすぐには理解できず、脳内で反芻する。イチも同じなのか、怪訝な顔で首を傾げた。

「まったく、ふたり揃って呑み込みの悪い。座敷童に幸を与えてもらう一方じゃのうて、そなたも与えよと言うておるんじゃよ」

なにを？　イチに与えられるものがあるのなら、なんでも、いくらでも与えるつもりでいるが……。

芝右衛門が呆れを含んだ様相で肩をすくめた。

「人間が妖に与えられるものをいえば、精気と決まっておろう。やり方はいくつかあるが、手っ取り早いとなれば房事しかあるまいて。幸いにも、その気は満々のようやしなあ」

ボウジ……？

意味ありげな物言いをされてもまだぴんとこず、はあ、と返す。

反してイチは微かながら頬を赤らめ、明後日のほうへと顔を背けた。

それを見た芝右衛門がせせら笑う。

「これやから純な坊やは困るのう。房事と聞いただけで恥じらうなど、先が思いやられるわ」

「べつに恥じらっておるわけでは……」

「あ」

こうまで言われればさすがに周も「ボウジ」がなんであるか察する。

「ようするに――」

とても言葉にできず口ごもった周に代わり、おまえもかとでも言いたげに芝右衛門が先を続けた。

「ようするに交合、営み、まぐわい、色事、交尾や」

しつこいほど明言されて、返事のしようもない。一方で、どれほどの困難が待っているのかと身構えていた周からすれば、拍子抜けしたというのが本音だった。

「そんなことで？」

思わず問い返した周に、芝右衛門が苦笑いする。

「普通はそんな言葉出てこうへん」

しかし、イチにとっては笑い事ではなかったらしい。

「なんということを……周にさせられるわけがない」

赤らんだ顔のまま、イチが首を横に振る。

その様子には少なからず傷ついた。

「俺とは、したくないってことですか？」

「そうではない！　ただ吾は、周にそのような――淫《みだ》らな行為はさせられんと言いたかっただけで、したいとかしたくないとか、そういうことではなく」

はっきりしないイチに、周はこめかみを指で押さえる。この調子では、朝まで待ったところで望む答えは聞けそうにない。

「俺としたいのかしたくないのか、ちゃんと言葉で言ってください」

「それは、し……」

まっすぐイチを見つめる。

ごくりと、喉の鳴る音が聞こえた次の瞬間、力強い腕に掻き抱かれていた。

「したいに決まっておる！　吾にとって周は、唯一無二。特別なのだ」

「よかった」

イチの背中に両手を回す。

気持ちが通じ合った喜びと下心で速くなった鼓動は、きっとイチにも伝わっているにちがいない。そう思うと恥ずかしくなったが、だからといって平気な振りを装うなんて無理だった。

「俺も、です」

きっと実際に経験するのと想像とは天と地ほどもちがうだろう。なにしろ、ついさっきのキスですら心地よさにうっとりしたくらいなのだ。

「イチには話したとおり、俺、いままで恋愛経験なくて、一生ひとりで過ごすんだろうって思ってたから、本当に嬉しいんです。好きなひとに好いてもらえるって、奇跡じゃないですか？」

自分で口にして、実感する。

まさに奇跡だ。イチと一緒にいられる、ふたりで生きていける。周にとってこれ以上の幸福はない。

甘い心地に浸っていたのに、

「あー……」

こほん、と無粋な咳払いが割り込んできた。

「水を差して悪いんやが、それによって、この先得られるはずやった座敷童の恩恵を手放すはめになる可能性もあるぞ？　なにしろ座敷童の本質を覆そうというんや。それに、ひとと妖の問題はそこやない。一番は命の長さや。寿命はかりはいかに博識の儂でも、どうにもできんわなあ。って、儂の話を聞かんか！」

芝右衛門には悪いが、それどころではなかった。いまの自分には恩恵は二の次、三の次だ。寿命に関しては、今後の長い人生で解決策をともに探っていけばいい。イチとともに生きられる、それがなにより重要なのだ。

先のことは未来の自分たちに託し、その都度考えていけばいい。今回のように、なにか問題が起こるそのたびにふたりで乗り越えていけると信じている。

「見とられんわ。はよ去《い》ね」

芝右衛門が右手を払う。

「しかし、吾にはまだ修行が――」

「ふたりで力を合わせて儂を撥ねつけた。それで十分やろ。おぬしら、存外似合いのつがいになるかもしれんなあ」

かかと大笑する芝右衛門の言葉に、少なからず驚く。じつのところ意地悪な狸だという印象が強かったぶん、よけいに感動した。

「世話になった」

こうべを垂れたイチの隣で、周も頭を下げる。

「家に帰ろう、周」

その後、イチが差し出してきた手をとると、深く頷いた。

「帰りましょう」

ひとりで来たときとは打って変わって、ふたり一緒の復路はなんて心強いのか。イチが傍にいてくれるだけで、世界が輝いて見える。

「年上がリードするもんやぞ？　座敷童――いや、イチ」

最後にアドバイスをくれた芝右衛門への別れの言葉もそこそこに、洞窟をあとにする。

雨は上がっていた。すっきりと晴れた空を見上げながら、足取りも軽く霊山を進む。驚いたのは、険しい山の中だとばかり思っていたのに、自分たちがいたのは古道からそれほど離れていない場所だったことだ。

すんなり戻してくれた芝右衛門に感謝しつつ四、五百メートルも歩くと、登山客の姿がちらほらと見え始め、まもなく神社の参道を抜けて表通りへ出る。

そこから自宅までは何時間もかかったが、道中は落ち着かず、自然と無口になっていった。

帰宅後のことばかり考えて緊張していたのだ。

――ようするに交合、営み、まぐわい、色事、交尾や。

芝右衛門の一言がぐるぐると頭のなかでくり返し再現され、自分がひどくいやらしい人間になったような感じがした。

実際にいやらしい想像をして、そわそわしていた。もっともそれは雑誌やネットで得た知識なので、一から十まで未知であり、現実にはどんな感じであるかわからない。

やっと帰り着いたときには、疲労ではなく緊張から息が上がっていた。が。

「おお、帰ってきたか」

「なんじゃ。イチも一緒か」

部屋には家鳴りと枕返しが待っていて、笑顔で迎えられる。

「あ……ただいま」

すっかりふたりの存在を忘れていたせいで、顔を見た途端、力が抜けた。いや、もちろん忘れていた自分が悪い。とはいえ、がっくりしたのも事実だ。

こうなったらホテルにでも誘うか、と思った矢先、イチがなにやら家鳴りと枕返しに耳打ちをする。それを聞くや否や、ふたりはいそいそと旅支度にとりかかった。つまり煎餅《せんべい》やお猪口《ちょこ》を懐にしまい始めたのだ。

「なんて言ったんですか？」

小声でイチに問うたところ、予想外の返答があった。

「芝右衛門殿が屋敷に招待したいと申しておったと」

浮かれて見えるのはそのためか。気まぐれな芝右衛門だけに、招待されるとなればそれ自体が光栄なことなのかもしれない。

「でも、大丈夫ですか？」

「久方ぶりにふたりの顔が見たいと芝右衛門殿が言っていたのは本当だ。もし会えなかったとしても、ふたりには悪いが、吾があとでいくらでも謝ればよいこと」

「……イチ」

イチがそこまで考えてくれるとは。周にしてみれば嬉しい誤算だ。

「俺も、一緒に謝ります」

こうなったら土下座でもなんでもしよう。家鳴りと枕返しが許してくれるまで、何度でも。

だからいまはイチとふたりきりにしてほしい。さっそく出かけようとしている彼らの背中に向かって、早くも心中で謝った。

「行ってくるぞ」

「じゃあの」

ふたりがいなくなると、賑やかだった部屋は一気に静かになる。鼓動も息苦しいほど高鳴り始め、途端に指先まで震えだす。

「お、俺、風呂に入ってきます」

まずは三日間の汗と汚れを落とすべく、その場で脱いだダウンをハンガーにかけてから風呂場に向かった。ああ、と言ったきり、特に反応しなかったイチがいまなにを思っているのか、なにぶん経験不足のせいで少しも見当がつかなかった。

手早く、念入りに身体を洗い、パジャマを身に着け風呂を出る。できるだけ急いだつもりだったのに、実際は三十分以上かかっていた。

「お待たせ、しました」

さっきと同じ場所に立ち尽くしているイチに声をかける。目が合うと、無言のまま抱きついてきたイチは、そこでいったん大きく深呼吸をした。

「周の匂いが薄れた」

「え……」

さらに首筋を嗅がれて居たたまれない心地になる。

イチは本気で残念に思っているようで、少し不満げだ。自分の体臭がどんなものかわからないが、いつもいい匂いがするとイチが言ってくれるのなら、なんの問題もない。

「次からは、気をつけます」

ボディソープを控えめにしよう、などと変な決意をしたそのタイミングで、

「周」

身を離したイチが畳の上に正座をし、周にも座るよう促してきた。

言われるまま従うと、真剣そのものの表情で口火を切る。

「じつは、芝右衛門殿の申したとおり、吾は色恋沙汰には疎いのだ。吾を認識してくれる相手に出会うこと自体あまりなかったし、稀にあったとしても、相手が心を許してくれる頃には吾は消えてしまう」

自分にとってイチが初めてのように、イチにも自分が初めてなんて、これほど嬉しいことはない。

「そもそも、本来であれば消えてもいい頃合いだったのに、こうしてまだいられるのは、おそらく吾のせいであろう。その証拠に、満足な幸を周は得ておらん」

たまらず周はイチの両手をとる。時間はたりてしまったが、洞窟でのやりとりの続きだ。

「満足な幸？　なにを言ってるんですか。俺はいま、とても嬉しいし、幸せです」

「——周」

イチの顔が上がり、ふたたび正面から目が合う。

「でも、そうですね。イチが消えないのは、ふたり一緒に幸せだからじゃないですか？」

きっとそうに決まっている。これについては、勝手に確信していた。

そして、この先にしても芝右衛門の言った「与えよ、さらば与えられん」を実行するだけだ。

「イチ、俺」

もう一度、ちゃんと告白をしようとしたのに、無粋にも着信音に邪魔をされる。一度は無視しようと思った周だが、

「もしかしたら、よい知らせかもしれん」

イチの言葉に渋々ダウンのポケットからスマホをとり出し、メールを確認した。

「どうであった？」

「べつに」

短い返信をし、かぶりを振ってからポケットにスマホを戻す。二度と邪魔をされたくないので、もちろん電源を落とすのも忘れなかった。

「なんだったのだ？」

どうやら気になるようで、そう問うてきたイチに、迷いつつもそのままを伝えた。

「合コンの誘いでした。合コンっていうのは、つまり出会いの場です。いままでそれでうまくカップルになった友だちもわりといるし、去年なんて結婚までいったひともいました。俺はつき合い程度ですけど」

ゲイだとカミングアウトしていなくても人畜無害なのは伝わるのか、周自身は合コンによく誘われるし、女性からも好印象を抱かれる場合が多い。

そのため、最近は合コン自体を断っている。にもかかわらずまた誘われたのは、メンバー集

めに苦労しているからかもしれない。

イチの表情が一変する。

「周は参加するのか？」

眉間に縦皺を刻み、不快感をあらわにする。普段から穏やかで、やわらかな風貌をしているぶん、いつもとはちがう表情に計らずもときめいた。

「結婚とは、所帯を持つことよな」

そうとも気づかず、イチはいっそう顔を歪める。責めるような視線にも胸が高鳴り、強張っているイチの頬へ手をやった。

「イチは、俺に所帯を持ってほしくないですか？」

「無論」

言葉尻にかぶさる勢いで返ってきた。それだけではない。

「いっそ吾と持とう」

唐突とも言える一言をイチが発する。

「吾と？　なにをですか？」

目を瞬かせて問い返した周に、今度ははっきりと、イチはその一言を口にした。

「いまでなくてもよい。いつか吾の、伴侶になってほしい」

びっくりしすぎると声も出なくなるというのは本当らしい。周は言葉もなく、瞬きすら忘れてイチを見つめた。

「周と吾は、末永くともにいると誓ったであろう？　だとすれば、吾とめおとになるべきだと思わんか？」

「――――」

本気だろうか。そんなことができるのか。

「伴侶……めおと」

その言葉を声に出してくり返すと、急に実感が湧いてきた。自分にとって結婚は他人事で、夢物語も同然だった。

「できるんですか？」

それでもなお半信半疑だった周の左手を、イチが両手で包んできた。

「できる。古からひとと人外の婚姻は多々あった。天女、鶴、馬――無論物の怪とも。吾と周が望むなら、必ずめおとになれる」

そして、震える周の指先に唇を押し当て、もう一度同じ言葉を告げてきたのだ。

「周。吾の伴侶になってくれんか」

上目遣いで、指に口づけたままのプロポーズに、ざっとうなじが粟立った。

それから身体じゅうの産毛が逆立ったかのような感覚に襲われたかと思うと、次にはのぼせたとき同様にぽうっとなった。

こういうのを、夢心地というのかもしれない。

「俺——でいいんですか？」

「周がよいのだ」

それなら、返答は決まっている。

「よろしくお願いします」

みっともなく声が上擦った。好きなひとにプロポーズされるなんて、まさか自分の人生に起こるとは予想もしていなかった。

ふたりで「いつか」の約束をする、それがいかに重要なことか。理解しているからこそなおさら嬉しかったのだ。

「こちらこそ」

顔を上げたイチが、照れくさそうにほほ笑んだ。安堵したようにも見える表情を前にして自然に熱いものがこみ上げ、なんとか堪えようと努力してみたが、到底無理だった。

なぜなら、イチの頬に一筋の雫がこぼれ落ちたのが見えたからだ。

「なんと、これはどういうことだ。ひとでもないのに、このような……」

自身の頬を拭いながら戸惑うイチを、ぎゅっと抱き締める。

「嬉しいんだから、涙が出るのは当たり前です」

イチに抱きついたまま、周も我慢するのをやめた。

「そうか。当たり前か」

「はい」

当たり前という言葉を噛み締めながら。

それは軽くもなく、かといって重くもなく、ごく普通に存在するという意味だ。自分とイチが一緒にいることも当たり前になれたらいい、心からそう思えた瞬間だった。

5

お互いに言葉も発さず、うっとりと抱き合ってどれくらいたった頃か。先にそれに気づいたのは周だった。

「イチ……その、もしかして」

視線を下へやると、自覚がなかったらしく不思議そうに首を傾げたイチが、次の瞬間これ以上ないほど目を丸くした。その後周の肩を押しやると、見る間に頬を赤く染める。

「すまん。いきなりこんなふうになるなど……」

「イチ」

あたふたとした言い訳をさえぎり、再度身体を密着させた。

「よかった。こうなってくれて」

キスの続きをするために急いで帰宅したものの、実際のところその先までできるかどうか不安があった。なにしろイチは本人もすでにあやふやなほど長く生きている妖なので、身体の構造が人間と同じなのか、同じだとしてちゃんと機能するのかと下世話な心配をしていたのだ。

「俺に、欲情してくれてるってことですよね」

周も初心者だが、イチ相手に躊躇っていては先へ進めないので、直截な言い方をする。いっそう赤面して焦りを見せたイチも、観念したようで大きく深呼吸をしてから認めた。

「自分でも驚いておる。無欲の妖、幸運の妖と称され、ただそこにあるだけの存在だった吾がかように欲まみれになろうとは」

どうやら本気で戸惑いがあるようだ。その証拠に、イチの口許に苦い笑みが浮かんだ。

「いや、至極当然だな。周はなにもかもちがったのだから。他愛のない話をし、ふたりで出かけて――いつの間にか欲が出た。周とともにいたいし、我が手で守りたい。そんなふうに願ったのは、初めてだ。しかも、肉欲まで抱くとは」

ほう、と吐息がこぼれる。

長く生きてきたイチの一言一言がどれほど真摯で、重いか。喜びで胸がいっぱいになり、ぶるりと震えた。

「嬉しいです」

いっそうイチに抱きつき、密着する。

「触れてもよいか?」

これには、一ミリも迷わず頷いた。

「よいに決まってます。俺も、イチに触りたい」

「周――」

緊張と昂揚で歯に唇がくっつきそうなほど口のなかはからからで、呼吸は乱れ、息苦しいほどだ。落ち着こうと努力しても、こればかりはどうにもならない。

「周、布団を敷いてもいいか？」

「もちろ……いっ」

慌てすぎて、舌を噛んでしまった。反射的に呻《うめ》くと、身を離したイチが顔を覗き込んでくる。

「どうしたのだ？」

「舌を、噛んでしまって」

「それは、いかんな」

見せてと言われて、口を開けた。

みっともない。気恥ずかしさを覚えつつ舌を出した次の瞬間、イチの顔が見えなくなる。見えないほど近づいたからだ。

「イ……」

舌を、宥めるように優しくイチの唇で食まれる。そのまま舐められ、痛みどころではなくなった。

のぼせたみたいに頭がぼうっとしてきて、身体じゅう熱くなる。

なにも考えられなくなった頃、イチが一度身を退いた。布団を敷くイチをぼんやりと見ていると、

「周」

こちらへ向かってまっすぐ手が差し出された。

その手をとり、しっかりと握り合う。導かれるまま布団に身を横たえると、至近距離でイチと見つめ合う格好になった。

「今日の周は、普段以上に美しいな」

イチについてまたひとつわかった。心配性で繊細なところがある一方、こんな大胆な台詞を真顔で口にする。しかも不意打ちなので、心臓に悪い。

「イチも格好よくて、輝いて見えます」

「周はいつも夜空の星のごとく光り輝いているぞ」

こんな状況で褒め合うなんて、おかしなカップルだ。おかげで少し緊張がやわらぎ、周はイチの長い髪を掻き上げてから、目を閉じる。

キスしたいという意思表示は伝わらなかったようだが、効果はそれ以上だった。

「周、いまから触れるぞ」

普段とはちがい、イチの声は掠れている。

「はい」

自分もそうだ。掠れて、おまけに上擦った。

「周——吾は、周が愛おしい」

愛の言葉とともに、イチはパジャマの上から身体を触ってくる。その慎重な手つきにかえって興奮は増すばかりだ。

「俺も、です」

本能のまま目の前の喉に口づけた。

「脱がせてもよいか」

「いいに決まってます。ていうか、いちいち聞かなくていいので、イチのしたいようにしてください」

なにかするたびに確認されるようではじれったい。それより早く先に進みたかった。

「イチも、脱いでください」

イチが躊躇ったのは一瞬で、身に着けていたものをすべて脱ぎ落とす。芝右衛門のもとでの修行の成果なのか、想像していたよりしっかりした身体つきに見惚れた周だったが、ふと、重要な事実に気がついた。

「イチ、輪郭が」

山で再会したときには薄れて見えた輪郭が、いまは心なしかはっきりしてきている。

ああ、とイチが両腕を広げてみせた。

「すごいな。口吸いのおかげで回復しているようだ」

よかった。芝右衛門の言うとおりだった。

安堵から周はほほ笑みかける。

「じゃあ、もっと回復しないとです」

暗に誘ったのが伝わったのか、イチがやや照れくさそうに目を細めた。

「吾は幸せ者だ」

イチのこの言葉が、まっすぐ胸に響く。常にどこか後ろめたさや違和感があったが、その理由がやっとわかった。

他者に幸せを与えるばかりでイチの幸せはどこにあるのだろう、とそんな疑問があった。座敷童にだって幸せになる権利はあるはずだ、と。

イチにも幸せを感じてほしい。それこそが周の望みだ。

「ふたりで、幸せになりましょう」

「ああ、ふたりで」

ぎゅっと抱きしめられた。

素肌が触れ合う感覚の心地よさに、うっとりしつつ周もイチの背中を抱き返す。どちらともなく唇を寄せると、深く口づけた。

「イチ……お……俺……」

堪らず脚を絡め、腰を押しつける。イチの中心がひとと同じ構造だったことにほっとしつつ、擦りつけていると、恥ずかしいことにすぐに我慢できなくなった。

腰を動かすたびにそこから濡れた音がするのが恥ずかしい。恥ずかしくて、興奮する。

「も、俺……駄目かもです」

訴える間も二、三度腰を動かし、我慢できずにあっという間に極みの声を上げた。

自慰とは比較にならない、脳天まで痺れるような快感だ。同じ吐き出すという行為なのに、これほどだとは——絶頂の余韻に恍惚《こうこつ》となりつつ、驚きと感動を覚えていた。

その間も、イチは鼻先を擦りつけるようなキスをこめかみや頬にしてくる。そのせいで少しも熱は引かず、鼓動も速いままだった。

「あ……すみ、ません」

ぼうっとなったまま腹を汚してしまったことを謝った周は、イチの肩へ唇を寄せると軽く歯を立ててみた。

直後、思わぬ反応がある。

「周。なんと愛らしいことか」

小さく喉を鳴らしたイチが、燃えるような目で上から見下ろしてきたのだ。

「謝るのは、吾のほうかもしれん。なにやら身体の奥底からこみ上げてきて――いまにも噴き出しそうなのだ」

言葉どおり、イチの双眸には激しい欲望が如実に現れている。は、はと肩で息をしながら、苦しそうに顔を歪める。

「イチ」

普段とはちがう、情熱的なイチを間近にして、周にもあらたな欲望がこみ上げた。

「好きにしていいって言いました」

早く、と心中で呟く。

達したばかりだというのに、少しも萎えない。それどころかイチの熱にあてられ、これまで以上に昂っていた。

「周の身体に、負担をかけなければいいが」

これ以上一秒も待たされたくなくて頭を上げ、周のほうからキスをする。本能に任せて舌を絡め、吸いついた。

「周……っ」

直後、噛みつく勢いで口づけられる。口中を激しく貪られ、その激しさに恍惚となる。

周、周と切れ切れに呼んでくる声にも煽られ、どうにかなりそうだった。口づけは顎を伝い、喉、胸元へと滑っていき、同時に手のひらで肌をまさぐられる快感ときたら言葉にはできないほどで、思考や理性など欠片まで吹き飛ぶ。

「あぁ」

イチの手がまっすぐ性器に辿り着く。手のひらで包まれ、いきなり擦られて、あられもない声を我慢することができない。

「イ、チ……んっ……いい」

胸元を舐められ、性器を刺激されて、二度目であろうと長くもたせられるわけがなかった。とはいえ、一方的にされてばかりなのも厭で、喘ぎながらもイチのものに両手を伸ばす。イチのものが硬く勃ち上がっていることが素直に嬉しかった。

「……ぅ」

イチが呻く。

「周、そんなにしては……っ」

両手で擦り立てるたびに呼吸が浅く、小刻みになっていく。それは周も一緒で、刺激し合っている性器のみならず、身体じゅうどこもかしこも過敏になっているようだ。

イチにももっと気持ちよくなってほしくて夢中で手淫《しゅいん》する。ときどき吐息を移し合うようなキスを交わしながら、その行為に没頭していった。

「周……周」

イチが何度も名前を呼んでくれ、それも興奮材料になった。

「あ、あ……イチ、そこっ」

「ここか？」

「は、い……そこ、もっとぐりぐりしてください」

欲求のままに乞う。高め合い、ふたりで同じ場所を目指した。

耳朶《みみたぶ》や喉元、胸、そこらじゅうにキスされるとこれ以上引き延ばすことは難しい。

「いきた……けど、まだ、やだ」

いますぐにでも出してしまいたい。でも、終わるのが惜しい。相反する情動のなか、イチが肩口に歯を立ててきた瞬間、周はイチの手の中で呆気なく終わりを迎えた。

「周っ」

イチが歯噛みした。と同時に、イチのものがいっそう質量を増し、大きく脈打つ。直後、とても受け止め切れないほどおびただしい量の精液が周の両手に放たれた。

濡れた手や腹に構わず、きつく抱き合う。

房事ってすごい、とうっとりしながら。

「すごかった」

どうやらイチも同じらしい。一度大きく胸を喘がせてから、少し照れくさそうな笑みを浮かべた。

「はい……でも、続きがあるんですよ」

周がそう言うと、イチの顔から笑みが消える。

「無論知っている。次にふたりきりになったときに——よいか？」

額をくっつけ、真摯なまなざしで問うてきたイチの喉がごくりと大きな音を立てた。まるで腹をすかせた動物みたいな反応を前にして、承知できるわけがなかった。

「いまが、いいです」

「いや、しかし……これ以上は周に負担がかかるゆえ」

どんなときでも周を尊重、優先してくれるイチにいつも感謝している。それがイチの優しさで愛だというのもわかる。が、この状況ではもどかしいだけだ。

「準備なら……お風呂でしてきました。それから、これ」

いったん布団から起き上がり、タンスの抽斗からハンドクリームを取り出してイチに手渡す。

ハンドクリームを凝視していたイチは、大きく肩を上下させた。

「周がここまで考えてくれていたというのに、吾ときたら」

「あ……でも、必要なのかどうかわからないけど……コンドームは」

言い終わらないうちに、ぐいと腕を引かれた。

ふたたび布団の上で向き合う格好になり、上から熱い双眸で見つめられ、自分が望んだこととはいえ震えが止まらなくなった。

脚を割られてはなおさらだ。

「うぅ……」

「まこと――もう、これほどまでにやわらかい」

後孔《こうこう》にハンドクリームを塗られ、初めての感覚に腰が逃げそうになるのを懸命に耐える。ここでうっかり無理だと言えば、イチが気を遣って身を退くだろうと容易に想像できるからだ。

指が内側にも挿ってくる。無意識のうちに締めつけてしまい、否応なくイチの指の長さや形まで感じるはめになる。

「ふ……んっ……ぁう」

抑えようにも、ひっきりなしにおかしな声がこぼれ出た。

「周、ありがとう。だが、次は吾に準備させてくれ」

「あ――」

指が体内から去った。中を探られているときは異物感に苛《さいな》まれたというのに、それがなくなった途端、物足りなさを覚える。

が、すぐにそれどころではなくなった。

入り口にイチのものが押し当てられたのだ。

「すまん」

「イ……チっ」

覚悟していた以上の衝撃に、ひゅっと喉が鳴る。反射的にずり上がろうとしたが、腰を掴まれ、引き戻されてはどうしようもなかった。

周にできるのは、イチの肩にしがみつくこと、それだけだ。

「周」

前髪を掻き上げられ、いつの間にか瞑《つむ》ってしまっていた目を開ける。すると、イチの頬に、ぽとりと涙がこぼれ落ちた。

「イチ」

手を背中から頬へとやり、指で涙を拭う。

「案外泣き虫なんですね」

などと笑ってみせたが、周自身もつられて泣いてしまいそうだった。

「そうだな。あまりにあたたかくて、心地よくて——周のことが愛おしくて、ここが苦しくなるよ」

胸を手で押さえたイチに、そうですねと頷く。

「俺も、イチが愛しくて、胸がぎゅっとなります」

「周——」

ゆっくり始めたにもかかわらず、長くはもちそうになかった。初心者同士の行為なのだから自制できなくても当然だ。

「周……つらいか」

だが、それも短い間だった。別の感覚に気づくと、イチの気遣いに感謝どころか、じれったく感じ始める。

「つら、くなんて、ないです」

実際圧迫感は凄まじいものの、苦痛はまったくなくなっていた。それどころか、身体の奥深くでイチの熱がもどかしそうに動くたびに、腹の底にわけのわからないさざ波が起こる。

「しかし……周のここが、こんなに広がって」

ごくりと、イチの喉が鳴る音が耳に届いた。

これ以上は我慢できず、周はイチに抱きついた。

「いいからっ……気持ちいいから、もっと」

初めてにもかかわらずどうして、と自分でも思うが、事実なのだからどうしようもない。奥を押されるたび、内壁を擦られるたびにこみ上げるさざ波は、まぎれもなく快感だった。

恥ずかしいなんて言っていられない。

「——周」

一度だけぎゅっと目を瞑ったイチは、次の瞬間表情を一変させた。燃えるような双眸で見てくると、激しく掻き抱いてきたのだ。

「そのようなことを言って……泣くはめになっても、どうにもできんぞ」

普段より上擦った声でそう言うや否や、イチが動き始める。望んだとおりになり、喘ぎ声を止められなくなった。

「あ、あ……イチ……気持ちい……っ」

「周、周……」

口づけを交わしながら、行為に没頭する。ハンドクリームと周自身があふれさせた蜜だろう、室内に響く濡れた音も呼び水になり、長くもたせるのは難しかった。

「あ……も……いく」

「周、吾も……腹の奥が熱くて、たまらん」

「あぁ――」

ふたりほぼ同時にクライマックスを迎える。呆気ないまでに早かったが、頭のなかが真っ白になるほど激しい絶頂だった。

初めてにもかかわらずこうまでうまくいくなんて、きっと相性がいい証拠だろう。

これから経験を積んで、ふたりで一歩一歩階段を上がっていけば、身体のみならず心もより近づき、ぴたりと添うにちがいない。

「周」

自分たちはこれからどんなカップルになってどうやって生きていくのか。気が早いと承知で周はそんなことまで考えながら、イチの口づけを受け止め、ふたりきりの夜を存分に堪能したのだった。


起き抜けからほんの数十センチの距離でイチと視線が合い、一瞬にして眠気が吹き飛ぶ。初めて同じ布団で迎えた朝に、いきなりイチの顔を目にするのは刺激が強い。

「おはよう、周」

やわらかな表情を向けられて、心臓が速いリズムを刻み始める。間近で見たイチは普段以上に格好いいし、はらりと額に落ちた一筋の髪を掻き上げる様は色っぽいしで、直視できないほどだ。

しかも、事後寝入ってしまったらしい周を綺麗にし、パジャマまで着せてくれて——こんなに素敵な妖が俺の伴侶なんてと、いまだ半信半疑なくらいだった。

「おはよう、ございます」

照れながらも返すと、イチの手がいきなり背中に触れてきた。それだけではすまず、あちこち確かめるように触り出す。

「どこか痛いところはないか？　いつもとちがうところは？　長旅から戻ったばかりで周は疲れていただろうに、つい正気を失ってしまって——周の身体じゅう、吾の吸いついたあとだらけだ」

「ちょ……イチ」

心配そうな表情にありがたいと思う半面、パジャマの上からとはいえあちこちまさぐられてじっとしていられなかった。イチに触られて平然としているなんて無理だ。

「ぜんぜん、ないです」

布団の中で身を退こうとした周だが、イチのチェックはなおも続く。

「まことか？　我慢しているのではないか？　ここはどうだ？」

あろうことか、股間にまで手を伸ばしてきたイチに、とうとう我慢できなくなって布団から抜け出した。留まっていては、朝っぱらから確実にまずいことになる。

「本当に大丈夫です。俺、顔洗って朝ごはん作りますね。イチも――」

襖を開けた周は、そこで言葉を切った。予想外の光景を前にして、驚きのあまり声が出せずにその場で固まる。

なにしろ襖一枚隔てた部屋には家鳴りと枕返し――さらには芝右衛門と貧乏神まで揃い、みなで酒盛りをしているのだ。

いったいこれはどういうことだ？

ぎくしゃくとイチを振り返る。イチは苦い顔で頭を抱えていた。

「おお、周。起きたんなら酒のつまみのひとつも用意してくれんか」

にこやかな笑顔で要求してくる芝右衛門に、貧乏神が訳知り顔でかぶりを振った。

「芝右衛門殿、彼はほら、お疲れでしょうから」

手を口許へやった貧乏神に、

「おお、そうやったそうやった。お疲れやったな」

芝右衛門が自身の額をひとつ叩く。

くふふと意味深長な笑い方をした家鳴りに至っては、小学生風の外見には似合わない、下世話な言葉を発した。

「一見真面目そうな者ほど、たがが外れると激しいというからのう。案外、周はスキモノそうよ」

「まこと、スキモノの相が出とるわ」

芝右衛門もすかさず賛同する。

「座敷童は気張らんとやな。精気をもらうつもりが、一方的に搾りとられることにもなりかねんぞ」

これにはどっと皆が笑い、場が盛り上がる。

いまさら彼らにデリカシーを求める気はないが、あけすけな会話には愕然《がくぜん》とし、打ちのめされた心地になった。

スキモノスキモノって、ひとを色惚けみたいに……いや、もしかしたらそうなのか。なにしろ昨日の自分ときたら、スキモノと言われてもしようがないほどの乱れっぷりだった。

昨夜のあれこれを脳内で再現すれば、恥ずかしさが増す。憶えているだけでもこれなのだから、無意識のところではいったいなにを口走り、どんなことをねだったか、思い出せないだけに汗が噴き出してくる。

「なんや。赤い顔しよって。朝っぱらからやらしいことでも考えているんか」

こちらの焦りなど無視して、芝右衛門がにやける。

「ち……ちが、まふっ」

焦るあまり舌を噛んでしまい、ぎゃっと悲鳴を漏らした。

「大丈夫か、周」

すぐさまイチが飛んできて、口の中を覗き込んでくる。皆の手前、昨日のように舐めて癒やされては困るので、慌てて首を横に振った。

「ぜんぜん、らいじょぶです」

無理やり笑顔で頷くと、イチが四人に向き直った。

「すまんが、今後周を気安くからかうのはやめてくれ。吾の許婚《いいなずけ》ゆえ」

毅然とした態度で忠告する姿に、なおさら慌ててしまう。なにしろいきなりのみなの前での宣言だ。

「許婚って……」

「事実であろう」

「それは……そう、ですけど」

舌の痛みも忘れて、鼻の頭を指で掻く。

イチの宣言どおり、誕生日までに恋人を作るという目標は余裕でクリアした。それどころか、なんと婚約中だ。

座敷童を射止めるとは俺もなかなかやる、と心中で自画自賛しつつ四人の反応を窺ったところ、堰《せき》を切ったかのようにみなが一斉に好き放題言い始める。

「座敷童は骨抜きじゃ」

「尻に敷かれるのが目に見えるようぞ」

「周の精気のおかげやからなあ。純なわっぱも、とうとう大人か。なんや、少し残念な気ぃするなあ」

この調子ではしばらくネタにされるだろうが、まあ、いい。事実、周にしても骨抜きだ。

「当てられちゃったな」

と、これは貧乏神だ。

「ただ気をつけないと。生霊のときとはちがうんだから、きみ、ひとりで騒ぐ変人だって住人たちの噂の的になるよ」

噂の的になるとすれば、あんたらが騒ぐせいだ。と言いたくなるが、目くじらを立てるほどでもない。ここは、貧乏神のありがたい忠告を素直に聞き入れるとしよう。

それに、問題はそこではない。昨夜はイチとふたりきりのはずだったのに、なぜ全員ここにいるのか。いつ帰ってきたのか、のほうだ。

　イチもそう思ったのか、布団を畳む傍ら口を開いた。

「まあ殿となり殿は、昨日、まっすぐ芝右衛門殿のところへ向かったのだとばかり思っていたが」

「ああ、それなら」

　当の芝右衛門が答えた。

「久方ぶりにうまいもんでも食べて、温泉に浸かるかと、あのあとすぐにそなたたちを追ってなあ。まあ、儂ほどの妖となると、人間に化けて旅をするんも容易いでな。そうしたらなんと、家鳴りと枕返しとばったり出くわしたというわけや。聞けば、儂に会いにくるところやったと言うやないか。で、連れだって、さっき戻ってきたとこや。ああ、この者は、ここの前をうろついていたから声をかけて、合流したって寸法や」

　この者とは、貧乏神のことだ。

　家主の許可もなくなに勝手なことをしてるんだよ、と抗議したところで無意味だろう。そもそも妖相手に世の常識が通用すると思うほうが間違いだ。

　とりあえずは「さっき」という一言に安堵した周の視界に、ちゃぶ台の上の封筒が入る。封筒に記された、憶えのある企業名に目を瞬かせつつ、それを手に取った。

「郵便受けに入っていたよ」

どうやら貧乏神が部屋に持ち入ったようだが——中に入っていたのは、なんと内定通知書だった。

「イチの効力、なくなってません」

当のイチは平然としたものだ。

「どうだろうな。周の実力かもしれんぞ」

「でも……」

不運続きだった身にしてみれば、あまりにうまくいきすぎるとそれはそれで困惑してしまう。それを察したのか、イチが歩み寄ってきた。

「誰にでも転機はある。状況が好転するときは、存外続くものだ。どちらにしても、周にとってよいことなら、吾も嬉しいぞ」

言葉どおり笑顔を見せるイチに、現金にもその気になる。これがイチの恩恵でも、自分の転機であったとしても、「よいこと」には変わりない。

疑心暗鬼にならずによいときは素直に喜び、そうでないときは耐え、浮上できるよう努力をすればいいのだ。

ひとりではないのだから。

「そうですね」

笑みを返し、内定通知書をしまった封筒を神棚に置いた。トレーナーとチノパンに着替えたあと、エプロンをつけてキッチンに立つ。

「手伝おう」

「じゃあ、イチはお皿を出してもらえますか」

幸いにも卵とハムがちょうど人数分あったので、二度に分けて、ハムエッグを作った。

「イチもどうですか？」

これまでイチが口にしたのは白湯かお茶のみだったが、同じ妖であるなら食べられないことはないのだろう。

「そうだな。何事にも挑戦せねばな」

挑戦という言い方をするのがイチらしい。

「俺とのこと、挑戦してくれてありがとうございます」

小声で礼を言う。

けっして大げさではない。イチにとってはまさしく挑戦だったはずだ。永遠とも言えるほど長い年月を生きてきたイチにとっての「初めて」の重さは、自分の比ではない。どれほど一大事なのか想像することもできないが、これからはふたりでいろいろな「初めて」を経験していきたいと思っている。

「そういえばそなた、憑いていた男はどうしたのだ？」

家鳴りの問いに、

「解放しましたよ。いまは次の相手と巡り合うのを待っているところです」

ひょい、と貧乏神が肩をすくめた。

前回会ったときよりきらきら度が減っているような気がするのはそのせいか。晴れて自由の身になったようだ、と疲れた様子の会社員を思い出して胸を撫で下ろす。

「今後彼がどうなるかは、本人次第ですね」

半面、愉しみだと言わんばかりの一言が不思議で、狭いちゃぶ台に出来上がったハムエッグを置きながら貧乏神に問う。

「本人次第って？」

「ああ、それはね。僕に憑かれた人間は、その後福の神に出会う確率が高くなるんだ。もちろん本人の自覚と頑張り次第なわけだけど」

「へえ、そうなんですか。うまくできてるんですねえ」

貧乏神に憑かれた人間は不運、不幸だと同情するのは容易いが、そう単純な話ではないらしい。

彼が無事福の神に出会えることを祈るばかりだ。

「古今東西、自然の理よ」

たっぷりマヨネーズをのせたハムエッグを咀嚼しながら、芝右衛門がしみじみと口にした。

その一言は、するりと周の胸に落ちてきた。

妖と人間の常識が異なるのは当然だ。それでも、遥か昔から今日まで共存してきたのはまぎれもない事実で、自然の理なのだ。

となれば、イチと自分が親密になったのもけっして特別、異例ではない。妖とか人間とかにかかわらず、出会ったふたりが互いに惹かれ合うのもやはり自然の理なのだろう。

「お、どらまの時刻じゃ」

枕返しがテレビをつける。まもなく始まったドラマとハムエッグに四人が集中している隙に、周は出来上がったばかりのハムエッグをフォークでとり、イチの口許へもっていった。

じっとハムエッグを凝視したイチが、口を開ける。

真顔でハムエッグを食べたイチの喉仏が上下するのを見届け、

「どうですか？」

感想を聞いてみたところ。

「とろりとして、ここが疼《うず》く」

イチは手を自身の胸へやった。

「周があまりに愛らしくて」

だが、まさかこんな感想を聞くとは思いも寄らず、頬が熱くなる。

「愛らしいなんて、俺よりイチのほうがよほど愛らしいです」

「いや、周のほうが愛らしいぞ」

「俺にとってはイチのほうが——って切りないですね」

確かに胸が甘く疼く。とろりとした蜜で心が潤っていくようだ。

「じゃあ、ふたりとも愛らしいってことで」

周の提案に、ぽんと手を打ったイチが照れくさそうな笑みを浮かべた。

「さすが周だ」

なんて愛らしい笑顔だろう。見ているだけで身体じゅうがあたたかくなり、幸せを感じる。

それはたぶんイチが座敷童であることとは関係がなく、恋人同士だからこそ味わえる気持ちにちがいなかった。

いい雰囲気で見つめ合っていると、おおと感嘆の声が割り込んできた。どうやら感動的な再会のシーンのようで、みなが食い入るようにテレビにかじりついている。

「この調子じゃ、なかなかふたりきりになれそうにないですね」

狭い部屋のなかで暑苦しいことこのうえない。それでも、みなの愉しそうな姿には自然に頬が緩んだ。

まさにここは妖のたまり場だ。そんなおかしな場所こそが自分の家で、いつの間にか彼らの存在も「当たり前」になっている。

「あ、そうだ」

ふと思い立った周は、隣室からカメラを手にして戻った。

「せっかくなので、記念写真はどうですか」

果たして妖の写真は撮れるのだろうか。という疑問は杞憂だった。

「周が撮るんやったら、積極的に写ろうやないか」

まずは芝右衛門が承知する。

写るも写らないも自在ということらしい。

「いいですよ」

と貧乏神が答え、

「よしゃ」

家鳴りも同意する。

「寿命が縮んだりせんか」

枕返しは少しばかり不安そうだ。

「じゃあ、だっこして撮る？」

この提案は気に入ったようで、瞬時に目を輝かせた。

「だっこじゃ、だっこじゃ」

はしゃぎだす枕返し。顎を上げ、アンニュイな表情をする芝右衛門。柱を揺する格好をする家鳴り。貧乏神はなぜかダブルピースだ。

そして、イチは——。

手を差し出されて、迷わずカメラを棚に置き、タイマーをセットする。確かに記念写真であれば、自分も入るべきだろう。

「では、みなさん、撮りますよ」

イチの手をとった周は、膝に枕返しをのせると笑顔を作った。

「はい、チーズ」

シャッターが下りる。確認した画像に写ったみなは、個性的ながらいい表情をしていて、覚えず頬が緩む。もちろん一番格好いいのがイチであるのは間違いない。見せる相手が誰もいないのがつくづく残念だ。

「イチ。俺、頑張ります」

恋愛も日常の生活も、社会人としても。

ひとつひとつは些細なことのくり返しで、ときに失敗しようと、日々の積み重ねこそが大事だと知った。一歩一歩進んでいけば、きっと未来は希望に満ちているだろう。

「ふたりでともに」

ほほ笑んだイチに、四人に背中を向けた周は肩を寄せ、こっそりまた手を重ねる。まずはいま、このときを満喫するために。

人生を語るにはまだ早いけれど、イチと白分、ついでに他の妖の面々もいて、とりあえず今日という日の始まりが理想的であるのは間違いなかった。

Carmon

はじめての

夕食後、皿洗いのためにキッチンに立った長身の背中をうっとりと眺める。長身で、意外に骨格もしっかりしていて頼もしい。顔も、切れ長の目が印象的でなかなかのイケメンだ。さらにはなにかと気が回り、率先して家事もこなしてくれる。

「……もしかして、イチって理想の彼氏だったりして」

いや、もしかしなくても理想の彼氏だろう。見た目よし、身体つきよし、性格よしと三拍子揃っているのだ。

「いやいや、世間一般ではヒモって言うんやないか？　なにしろ稼《かせ》ぎがないんやからなあ」

横から水を差され、イチの背中から隣に座っている芝右衛門《しばえもん》へ視線を移す。茶をすすりながら冷静な一言を発した芝右衛門と目が合うと、イチに見惚《みと》れていたことへの気恥ずかしさもあって、真顔で冷静さを装った。

「そこは、役割分担です」

イチのおかげで宝くじが当たったたし、管理人のバイト代もある。さらには春から第一希望だった会社に入社できるとあっては、金銭的な不安があろうはずがなかった。自分がばりばり働いて、イチと枕返《まくらかえ》し、家鳴《いえな》りを養っていこうとむしろ意欲に燃えている。

イチとこういう関係になったからには、あらゆる苦難をふたりで乗り越えていく覚悟はできていた。

「ていうか、芝右衛門さん、温泉旅行に行くって言われてませんでした？」

いつまで滞在予定なのかと言外に問う。

芝右衛門が花咲荘《はなさき》の一〇一号室へやってきてから、今日で五日。

追い出したいわけではなくとも、なにしろ洋室と和室の二間なので四人暮らしでも狭いうえ、現在は五人で雑魚寝しているような状況だ。

布団一式新たに購入したとはいえ、窮屈であるのは間違いない。

「なんじゃ」

芝右衛門が、にやりと口角を上げた。

「そなた、欲求不満なんやな」

「は？」

「まあ、気持ちはわからんでもない。できあがってホヤホヤのカップルやしなあ。暇さえあれば、いちゃいちゃしたいんやろ？」

「いちゃいちゃなんて……っ」

ちがうと言いたかったけれど、否定できなかった。芝右衛門の言葉どおり、イチと自分は恋人になって、初夜を迎えたばかりのカップルだ。

そろそろ二度目を――と思うのは当然のことだろう。

「それは……そうですけど、だからって邪魔になんて思ってませんから。俺は、単に予定を聞いておきたかっただけです」

ちらり、とテレビを観ている枕返しと家鳴りへ視線をやる。

たとえ芝右衛門が帰ったとしても、枕返しと家鳴りがいる。そもそも先日ふたりきりになれたのは芝右衛門が枕返しと家鳴りに会いたがったからで、当人がここにいる現状、家を空ける理由はない。

「周《あまね》」

振り返ったイチと目が合う。

「この鍋は、どこへしまえばよいか？」

それだけで鼓動が跳ねたが、芝右衛門の手前そ知らぬ顔で、はいと腰を上げて歩み寄った。

イチから受け取った鉄製のフライパンをガスコンロにかけ、水滴を飛ばす。冷めるまでそのまま放置するとして、洗い終わった皿を拭くために布巾を手にした。

「ありがとうございます。助かりました」

「なんの、これくらいお安いご用だ」

「あ」

イチがタオルに手を伸ばした拍子に、肘がぶつかる。

「すまん」

「い、いえ」

皿を落としそうになったことより、計らずも間近で見つめ合う格好になった事実のほうに動揺し、かあっと頬が熱くなった。

「えっと……あとは、俺がやりますから」

このまま並んでいると、芝右衛門に言われた「欲求不満」「いちゃいちゃしたい」という言葉を厭でも意識させられ、片づけどころではなくなりそうだ。これ以上芝右衛門にからかわれるのはごめんだった。

「そうか。では、任せよう」

その一言でみなと同じようにちゃぶ台についたイチにほっとし、周は皿の片づけにとりかかる。

「儂も手伝う！」

と、すぐに枕返しが傍へやってきて、一緒に皿を拭き始めた。

「みんなとテレビ観てていいのに」

「儂は周のお手伝いをしたいんじゃ」

「ほんと？　すごく助かる」

弟がいたらこんな感じだろうか。くすぐったい気持ちになりつつ、枕返しに笑いかける。嬉しそうにも、誇らしそうにも見える表情をした枕返しが、ぴたりと身体をくっつけてきた。

「周はよい匂いがするのう」

「普通だと思うけど」

「いいや、いい匂いじゃ」

話しながらだったので、ひとりでやるより時間がかかったものの、枕返しのおかげで愉しく片づけをすませる。このあとは日課になったトランプゲームが始まるのだろう、と抽斗《ひきだし》からトランプを取り出してすぐ、ふいに芝右衛門が腰を上げた。

「ああ、いかん。うっかりしておった。貧乏神《びんぼうがみ》から誘われとったんや。みなの者、いまからそこの広場で酒盛りや」

くいと、ドアに向かって顎をしゃくった芝右衛門に、枕返しと家鳴りがすぐさま反応する。見た目が子どもなので忘れがちだが、三人は数百年以上存在している妖《あやかし》で、三度の飯より酒好きなのだ。

もっとも妖には酒好きが多いようで、白湯《さゆ》を嗜《たしな》むイチのほうがめずらしいらしい。

「酒盛りじゃ、酒盛りじゃ」

ぴょんぴょんと枕返しが飛び上がる。

「はよう行こう」

家鳴りは早速出かける支度にかかった。

前のめりなふたりを笑いつつ、自身も参加するつもりで財布と鍵に手を伸ばすと、なぜか芝右衛門がウィンクを投げかけてきた。

「おっと、おまえさんらはここに留まるとええ」

どういう意味だ？

怪訝に思った周に反し、イチは理解できたのか、どこか照れくさそうに頭を掻《か》く。

「かたじけない」

「いいってことよ」

そのやりとりから、どうやら今回の酒盛りはイチが持ちかけたようだと察したが――。

なおも首を傾げたところ、鈍いと言わんばかりに芝右衛門がひょいと肩をすくめてみせた。

「気が回らん奴やなあ。そなたとふたりきりになりたいとイチに相談されたんや。儂が気を利かせて枕返しと家鳴りを連れ出してやろうというのに、まったく、呆けた面《つら》をさらしよって」

「……え」

唐突な言葉に驚き、目を瞬かせる。

「それは……その……つまり」

イチは自分とふたりきりになりたいと、ふたりきりでなければできないことがしたいと、そういう意味なのか。

「周は行かんのか？」

嬉々として玄関を出ようとしていた枕返しが振り返って問うてきた。なんと返答すればいいのかと迷ったのもつかの間、

「ちょっと遅れるんや」

機転を利かせた芝右衛門の一言を最後に、枕返しは家鳴りとともに笑顔で出ていく。あとに残った周は、しんと静まった部屋でイチとふたりきりになった事実を意識して、鼓動が速くなるのを止められなかった。

「えっと……」

先日の行為が脳裏をよぎり、もじもじとしてしまう。

反してイチは茶を淹《い》れたかと思うと、周に座るよう促した。

「話をしてよいか」

「え……あ、もちろんです」

イチの表情は真剣そのものだ。それしか頭になかった自分が恥ずかしくなり、周も頬を引き締めちゃぶ台につく。

「なんでしょう」

イチの様子からおそらく真面目な話なのだろうと察せられたが、よもやここまでとは――想像もしていなかった。

「今朝のことだ。上に住んでおる幼子に声をかけられた」

あの子か、と愛らしい顔を思い浮かべる。

「おじさん、誰？　と」

「そうなんですね」

おじさん？　まあ、未就学児にとっては二十歳を超えればおじさんか。などとのんきなことを考えた直後、事の重大さに気づいた。

「イチに声をかけてきたんですか？　だったら……」

反射的に身を乗り出した周に、うむとイチが頷く。

それが事実であるなら、確かに一大事だ。つまり人間の子どもがイチの姿を認識したという証なのだから。

「吾《われ》が見えるのは、いまはまだ幼子に限られるようだ。吾も初めてのことゆえよくわからんが、今後大人にも及ぶ可能性はある。もしかしたら周とともに住み、情交をかわしたことが吾の身体になんらかの影響を与えたのかもしれん」

「影響ですか……それってイチ的にはやっぱりまずいですか？　イチの身になにか悪い影響が起こるのなら、俺、二度とイチには触りません」

いやらしい想像をしている場合ではなかった。自分の愚かさに顔をしかめると、ぎゅっとイチが手を握ってきた。

「周に触れられんのは、吾が困る」

「俺だって……」

イチに触りたい。いちゃいちゃはもちろん、いやらしいことだってもっとしたいと思っている。とはいえ、仮にそれによってイチに悪影響が出るというのであれば、一生しなくていい。

なにより大事なのは、イチ自身だ。

傍にいるためなら、つらくても我慢する。

「吾自身は、この変化をけっして負の影響だとは思うておらん。実際、周の気持ちが問題なのであって、吾としてはむしろ喜ばしい変化なのだ。もしひとの輪のなかに入れるのならと、これまで何度も想像してきたことが現実になるかもしれんのだから」

言葉どおり、イチの面差しには期待が見てとれる。

「……イチ」

そうだった。イチは、人間が好きな妖だ。常に家主の幸福を願っている。たとえ認識されずじまいであっても、人間に幸運を授けることで精気を失うようなはめになろうと、それをよしとしてきた。

「周は、どう思う？」

真摯な問いかけに、思案する余地などなかった。

「喜ばしいに決まってるじゃないですか！　イチが住民の皆さんに囲まれているところを想像しただけで、俺、泣きそうになりますもん」

けっして誇張なんかではない。イチがひととの触れ合いを喜ばしいと思う、それ自体が周には嬉しかった。

清掃。花見。祭り。

みなと一緒にいるイチは、きっと目映いばかりの笑みを見せてくれるだろう。

「周なら、そう言ってくれると思っていた」

ちゃぶ台を回ってきたイチが、目の前で膝をつく。至近距離で見つめ合う格好になると、平静でいられるはずがなかった。

途端に身体じゅうが熱くなる。

自分がこれほどまでに貪欲な人間だなんて、いまのいままで知らなかった。

「この前のようなことをしてもよいか？」

イチの双眸に熱を感じては、なおさらだ。

「周に、周の肌に触れたいのだ」

直接的な誘い文句に、吐息がこぼれる。返答までに間が空いてしまったのは、無論戸惑いからではない。

「も……ちろんです。俺も、イチに触りたい」

堪らずイチに抱きついたそのとき、身体が浮き上がった。抱きかかえられた状態で隣室へ運ばれる間も、昂揚で心臓が痛いほどになる。あとで干そうと畳んで隅に置いていた布団を、イチは片手で器用に広げたあと、そこに周を下ろした。

仰向けになった周の腰を跨《また》ぐ格好で、イチが見下ろしてくる。そうして自身の着物の合わせをはだけると、胸元をあらわにした。

「なんだか……前よりドキドキします」

自然に手が伸び、イチの胸に触れる。

「吾も、頭が沸騰しそうだ」

ため息交じりでそう言うが早いか、イチは手際よく周のシャツの釦《ボタン》を外し、チノパンの前をくつろげ、あっという間に衣服を剝ぎ取ってしまった。

昼間から一糸纏わぬ姿をさらすことになり、羞恥心がこみ上げる。が、それ以上の欲望が体内で渦巻き、とてもじっとしていられなかった。

「イチ……」

両手を伸ばす。すぐさまイチが応えてくれる、その事実が嬉しくて、端整な顔をうっとりと見つめた。

「周」

唇が近づき、口づけを交わす。初めから熱が入り、夢中になるのに時間は必要なかった。

「あ……イチ……ぅ」

キスの傍ら大きな手のひらに身体を撫《な》で回され、あっという間に高い場所へと押し上げられる。我慢できずにイチの大腿に性器を擦りつけると、腰が自然に揺らめいた。

「周……そのようなことをされては……っ」

「堪え性がなくて……ごめ、なさ……でも、止まらないっ」

実際、止めようにも止められない。それどころか、いっそう速く、大きく腰を動かしてしまう。

「なにゆえ謝る。堪え性のない周は、かように愛らしいというのに」

イチの手が、震えっぱなしの性器を包み込んだ。同時に口づけが解かれたかと思うと、今度は胸に吸いつかれて、我慢などできるはずがなかった。

「あぁ……いいっ」

胸と性器と同時に刺激され、呆気なく極みの声を上げてイチの手を濡らす。

「俺……こんな、早くて」

自分ひとり、あっという間に達したことが恥ずかしい。半面、イチに触れられて耐えられるわけがないのも本当だった。

「なかなか機会がなくて、我慢してたから、そのぶんいますごく昂奮して」

けれど、言葉を重ねれば重なるほど墓穴を掘っていると気づいて慌てて口を閉じる。いまの言い方だと、まるで飢えていたみたいだ。

なまじちがうとは言い切れないため、いっそう頬が熱くなる。

イチが勢いよく首を横に振った。

「吾も同じだ。周。周のなかに挿《はい》ってもよいか」

「……あ、はい。もちろん、です」

イチにも気持ちよくなってもらいたい。一緒に気持ちよくなりたい。そのための行為だ。現に先日の夜以来、イチとの距離は確実に縮まっている。

「そういえば」

一度身を起こした周は、タンスの一番下の抽斗から紙袋を取り出し、中身を並べた。

「これは？」

「ドラッグストアで買いました」

ローションとコンドーム。

「次のときは、ふたりで使おうと思って。あ、こっちは俺も初めてなので、使い方を――」

コンドームを指差した周だったが、その先は声にはならなかった。イチの唇に唇を塞がれ、たっぷりとローションを使われて理性も思考も吹き飛ぶ。ひたすら喘ぎ声を上げ、途中からは朦朧となり、何度達したのか自分でもあやふやになったほどだ。

疲労困憊して、イチの胸で意識を手放すように眠りにつくまで。

「……たこやき、おいしいです」

夢のなかでは、イチや枕返し、家鳴り、芝右衛門に貧乏神が顔を揃えていて、住民たちと一緒に夏祭りを愉しんでいた。

現実ではなく、夢だとわかっている。いまはまだ願望だ。

しかし、もしかしたら、いつかそういう日が来るかもしれない。イチが少し人間に近づいたように、おそらく自分も妖に近づいているはずで、確実に変化は起きているのだから。

なにしろ、世界でただひとりの伴侶だ。

「周」

自分の名前を呼ぶ、イチのやわらかな声。

はい、と夢のなかでも返事をしながら、周は幸せな心地にどっぷりと浸ったのだ。

あとがき

こんにちは。初めまして。

今作は、大学生と座敷童の恋愛若葉マークカップルのお話です。

裏話イコール苦悩になってしまうくらい、書いている最中は考え込んだ半面、気づかされることも大いにありました。

思い出深い一作になったと言えるかもしれません。

しかも、明神《みょうじん》翼《つばさ》先生のイラストがとても可愛いので！

ラフを拝見したのですが、その段階でもうきゅんとしました。明神先生、素敵なイラストをありがとうございます！

そして、多大な面倒をおかけした担当さんには土下座する勢いです。いろいろと……本当にすみません。精進します！

最後に。今作をお手にとってくださった方には愛と感謝を。

ある日突然、この世ならざる者たちが見えるようになってしまった主人公と無欲な座敷童のピュアラブを、彼らの周りを取り囲む妖たちとのにぎやかな日常生活とともに見届けていただけましたら嬉しいです。

少しでも愉しんでいただけますように。

高岡《たかおか》ミズミ

カクテルキス文庫

Cocktail Kiss Label

好評発売中!!

◆葵居ゆゆ
- 青の王と花ひらくオメガ　笹原亜美 画　本体755円+税

- キャラメル味の恋と幸せ　古澤エノ 画　本体760円+税
- 共鳴するまま、見つめて愛されて　北沢きょう 画　本体760円+税

◆伊郷ルウ
- 天狐は花嫁を愛でる　明神 翼 画　本体639円+税
- 赤ちゃん狼が縁結び　小路龍流 画　本体685円+税
- 異世界で癒やしの神さまと熱愛　えとう綺羅 画　本体685円+税
- 熱砂の王子と白無垢の花嫁　えとう綺羅 画　本体685円+税
- 花嫁は豪華客船で熱砂の国へ　水綺鏡夜 画　本体685円+税
- 八咫鴉さまと幸せ子育て暮らし　すがはら竜 画　本体755円+税
- 虎の王様から求婚されました　古澤エノ 画　本体755円+税
- お稲荷さまはナイショの恋人　すがはら竜 画　本体760円+税
- 異世界の後宮に間違って召喚されたけど、なぜか溺愛されてます!　明神 翼 画　本体760円+税

◆上原ありあ
- 囚われた砂の天使　有馬かつみ 画　本体639円+税

◆海野幸
- ウサ耳オメガは素直になれない　小椋ムク 画　本体755円+税
- 活動写真館で逢いましょう ～回るフィルムの恋模様～　伊東七つ生 画　本体760円+税

◆えすみ梨奈
- 天才ヴァイオリニストに見初められちゃいましたっ!　立石 涼 画　本体685円+税

◆栗城偲
- 嘘の欠片　一夜人見 画　本体755円+税

◆gooneone
- 御曹司は初心な彼に愛を教える　すがはら竜 画　本体760円+税

◆小中大豆
- 異世界チートで転移して、訳あり獣人と森暮らし　Ciel 画　本体760円+税

◆清白妙
- 転生悪役令息ですが、王太子殿下からの溺愛ルートに入りました　明神 翼 画　本体760円+税

◆高岡ミズミ
- 恋のためらい愛の罪　蓮川 愛 画　本体632円+税
- 今宵、神様に嫁ぎます。 ～花嫁は強引に愛されて～　緒田涼歌 画　本体573円+税
- 恋のしずくと愛の蜜　蓮川 愛 画　本体639円+税

- 竜神様と僕とモモ ～ほんわか子育て溺愛生活♥～　タカツキノボル 画　本体639円+税
- 情熱のかけら　えとう綺羅 画　本体685円+税
- 月と媚薬　立石 涼 画　本体685円+税
- 溺れるまなざし　やすだしのぐ 画　本体685円+税
- オメガの純情 ～砂漠の王子と奇跡の子～　小山田あみ 画　本体755円+税
- 不器用な唇 First love　金ひかる 画　本体760円+税
- 不器用な唇 Sweet days　金ひかる 画　本体760円+税

◆橘かおる
- 神獣の寵愛 ～白銀と漆黒の狼～　明神 翼 画　本体573円+税
- 神獣の溺愛 ～狼たちのまどろみ～　明神 翼 画　本体630円+税
- 黒竜の花嫁 ～異世界で王太子サマに寵愛されてます～　稲荷家房之介 画　本体639円+税
- 神の花嫁　タカツキノボル 画　本体648円+税
- レッドカーペットの煌星　明神 翼 画　本体685円+税
- その唇に誓いの言葉を　実相寺紫子 画　本体685円+税
- 神主サマはスパダリでした　タカツキノボル 画　本体685円+税
- 黒竜の寵愛 ～異世界で王太子サマと新婚生活～　稲荷家房之介 画　本体685円+税
- 神様のお嫁様　タカツキノボル 画　本体685円+税
- 王宮騎士の溺愛　タカツキノボル 画　本体685円+税
- 妖精王と麗しの花嫁　香坂あきほ 画　本体685円+税

Cocktail Kiss Label

カクテルキス文庫をお買い上げいただきありがとうございます。
先生方へのファンレター、ご感想は
カクテルキス文庫編集部へお送りください。

〒102-0073　東京都千代田区九段北3-2-5 5F
株式会社Jパブリッシング　カクテルキス文庫編集部
「高岡ミズミ先生」係 ／「明神　翼先生」係

イケメンあやかしの許嫁

2023年12月30日　初版発行

著　者　高岡ミズミ
©Mizumi Takaoka

発行人　藤居幸嗣

発行所　株式会社Jパブリッシング
〒102-0073　東京都千代田区九段北3-2-5 5F
TEL　03-3288-7907
FAX　03-3288-7880

印刷所　中央精版印刷株式会社

ISBN978-4-86669-630-0　Printed in JAPAN